D1322499

L'AMOUR EN VAIN
GILBERT CHOQUETTE

À Marie Thérèse B.
dont le souvenir me reste présent
comme l'un des plus charmants
de ceux que je garde de mes années
passées au CÉGEP de Saint Laurent
ce petit livre déjà un peu ancien (1994)
mais que je ne renie pas
Affectueusement
Gilbert Ch.

chez notre amie commune
Monique Trottier
le 25 janvier 2006

Les Editions Humanitas sont inscrites au programme de subventions globales du Conseil des Arts du Canada

ISBN 2-89396-100-2

Dépôt légal - 4ᵉ trimestre 1994
Bibliothèque nationale du Québec
Bibliothèque nationale du Canada
Couverture: Bonnard, *Jeune femme au paravent*, huile sur toile

Photocomposition laser: *Scribe-Québec*

© Humanitas

Imprimé au Canada

5780, avenue Decelles, Montréal, Québec, Canada H3S 2C7

GILBERT CHOQUETTE

L'AMOUR EN VAIN

ROMAN

A loin l'espoir, poèmes
L'Interrogation, roman
L'Honneur de vivre, roman
L'Apprentissage, roman
La Défaillance, roman
La Mort au verger, roman
Un tourment extrême, roman
La Flamme et la Forge, roman
Le Secret d'Axel, roman
L'Etrangère ou Un printemps condamné, roman
La Nuit yougoslave, roman
Une affaire de vol, roman

« Ma sœur, ma douce sœur »

— Lord Byron à Augusta

Première partie

Autrefois

Pour moi, et ce dès mes quinze ans, l'ambition d'une vie accomplie fut toujours d'aimer et d'être aimé par un être unique qu'il me serait donné en même temps d'admirer. Mal m'en prend aujourd'hui où, pour la seconde fois, j'achoppe à réaliser cette, somme toute, légitime aspiration; et si je n'étais pas écrivain — peu importe combien médiocre, écrivain et diplomate de carrière tant qu'on voudra, de cela je n'ai cure — je doute qu'à mon âge je m'en tirerais en racontant mes amours, c'est-à-dire en les projetant hors de moi comme les bulles de rêve qu'un enfant se raconte en les regardant décliner jusqu'à ce qu'elles viennent crever au contact de quelque bête réalité. Ecrire mes histoires, c'est proprement me retrouver, me ressaisir, me réapproprier mon *âme*, doublement aliénée à l'instant où cette passion folle pour Nadia Rossetti, succédant à celle que j'ai toujours pour ma chère Thaïs, me prive de ma propre existence à moi, comme si — par ma faute — la comédienne par excellence qu'est Nadia avait confisqué à son profit cette âme divisée, alors que, tout entière vouée à son art, elle n'en a que faire, d'autant que son cœur la porte vers cet omniprésent Claude Buies qu'elle traîne derrière sa gloire depuis tant d'années et qui ne paraît guère entiché d'elle pour autant.

Et pourtant, s'agissant de Claude et de Nadia, on ne saurait vivre si longtemps à l'ombre de quelqu'un sans finir par le prendre en grippe, à moins qu'il ne s'y mêle quelque motif intéressé, de même qu'à l'inverse il est aussi impossible de vivre loin de la créature aimée qu'il peut l'être de vivre loin de soi-même...

Or je ne prétends pas être le premier à l'avoir observé: la création artistique et l'amour humain nourrissent entre eux des liens secrets et mystérieux qui expliquent sans doute cette «aliénation» de l'âme qui est le propre de toute passion intense et cette reprise de possession de soi-même qui marque l'acte de créer.

Certes le romancier que je suis à mes heures a eu droit, un petit moment, à la curiosité et à la sympathie de Nadia comme l'actrice en elle a droit à toute mon admiration, mais sur mon être de tous les jours, quand a-t-elle levé les yeux avec tendresse? Il serait trop cruel de l'en croire incapable car Nadia Rossetti est infiniment plus qu'un «monstre sacré» infiniment centré sur soi-même. C'est son âme même qui transparaît dans son jeu, au théâtre, à la télévision, au cinéma, cette âme que, avant même son corps, elle me refuse «par pudeur», m'explique-t-elle, alors qu'elle ne se refuse pas à quémander les faveurs de son Claude, pas plus qu'elle ne dédaigne les applaudissements mondains que lui prodiguent les parfaits boétiens qui l'acclament au théâtre.

Donc écrire, écrire ma propre histoire, au risque de tomber dans l'incohérence, moi que déchirent deux femmes contraires, telle est ma seule arme offensive, défensive aussi (papier = bouclier; stylo = javelot) pour autant que, ne m'appartenant plus, c'est un autre que moi, le romancier plus que l'amoureux, qui déroule rien moins que son existence pour y retrouver ce qui reste de ma vérité d'autrefois et rend à ma vie l'élan tout spirituel auquel mon âme aspire encore de toutes ses forces malgré le passage des années et les rares bluettes plus ou moins intimes, plus ou moins secrètes, auxquelles j'ai pu succomber.

Que n'ai-je en son temps raconté ma passion pour Thaïs, ce délice d'enfant, dont les traits ne se sont pas estompés malgré les quinze ou vingt années qui me séparent de notre jeunesse, et ceci malgré toute ma fièvre nouvelle pour Nadia Rossetti! Mais peut-être n'est-il pas trop tard pour exorciser les démons de cette première et inachevée passion en la jetant à la figure d'un éventuel lecteur de roman. Oui, ce sont ces vingt ans de passion invécue, refoulée, avouée, niée, pour ma propre sœur qui m'ont donné une telle panique devant le cœur à cœur de l'amour total. Et comment ce nouveau culte pour Nadia effacerait-il l'ancien dont les rites sont restés, par force, lettre morte? Un auteur ne saurait raconter son histoire, et forcément celle des autres, que lorsqu'il s'en est affranchi; il ne saurait créer des mythes et des aventures que lorsqu'il s'est purifié les veines des substances délétères qui ont, plus ou moins longtemps, corrompu son sang né libre, chaste et désinvolte.

A près de cinquante ans, peut-être n'est-il pas encore trop tard pour revenir sur ce drame, une histoire qui ne cesse de durer (mais qu'est-ce que le passage des temps pour un amour digne de ce nom?)

depuis mes vingt-huit ans lorsque Thaïs et moi avons été soudain mis en présence l'un de l'autre ce matin des obsèques de notre père qui nous avaient réunis à Montréal, me livrant à terme à tous les tourments du double amour, celui de Nadia, celui de Thaïs, qu'il me faudrait un jour vivre simultanément. Oui, c'est plus de vingt ans maintenant depuis que Thaïs Authier, comme je m'appelle Jonathan Authier, me poursuit obscurément, même si je reste sans nouvelle d'elle, sinon par les vœux que je reçois encore annuellement de «tante» Marceline, ma tendre belle-mère, comme si tout avait été dit depuis longtemps entre les deux «enfants» et que la malédiction des dieux s'était abattue sur ce qui ne serait déjà plus que la mémoire d'un rêve par trop aberrant. Et pourtant... ne m'aimait-elle pas, elle aussi?

Or, rien ne se répète jamais, et moins encore l'histoire des cœurs que celle des événements, ce qui laisse ouvert le mince espoir que je finirai par recoller les deux morceaux de mon âme éclatée à force de scruter, de traquer *par écrit* les mouvements dès longtemps soumis à la dure et souvent presque cynique dictature de Nadia Rossetti. Mais il eût fallu encore que Thaïs, dont je savais par sa mère qu'elle passait l'été à Montréal, vint pour une fois nous rejoindre ici à Scarborough, dans l'Etat du Maine où nous coulons, avant quelque séjour en Martinique, dix jours à l'*Atlantic House*, chacun dans la retraite de sa chambre, ou bien au bar dans le cas du gros Camille, mari fantoche et complaisant de la belle Nadia, ses tonnes de dollars facilitant autant déjà ses manœuvres de dragage.

Mais il faut remonter en arrière très haut pour que tout ceci prenne un sens, si sens il doit y avoir. Thaïs, bien sûr, c'était, ce sera toujours, malgré la nostalgie durable, ma demi-sœur cadette dont le remariage de mon père après son divorce avec maman devait me tenir éloigné jusque bien au-delà de mon adolescence et que je ne connaissais que de nom puisque, beaucoup plus jeune que moi, elle suivait notre père, avec Marceline sa nouvelle épouse, là où ses fonctions de consul l'appelaient, soit ces mêmes capitales étrangères, Tunis, Buenos Aires, Mexico, Bruxelles, par où j'allais moi-même inaugurer mon curriculum professionnel une fois embrassée, par atavisme sans doute, la carrière diplomatique pater- nelle, sans enthousiasme excessif mais sachant du moins que je verrais du pays, c'est-à-dire que je me dépayserais du souvenir d'une enfance empoisonnée par la mésentente parentale et, plus tard, de l'obses- sion d'un amour interdit et encore impensable en ce début des années 90. Et c'est pourtant chaque fois une nouvelle illusion d'oubli qui naît en moi dès que je suis délégué dans quelque ville inconnue pour y exercer mes responsabilités de secrétaire d'ambas- sade, d'attaché culturel plus précisément. Or, trop souvent c'était le mirage de Thaïs qui m'attendait à mon arrivée dans ces lieux encore ignorés et peut-être merveilleux d'exotisme où je me targuais de fuir et ne faisais que transporter mon incapacité d'oublier. Et puis le passé se pare souvent de quelque charme magique, celui même que ma jeunesse ancienne prêtait aux promesses de départ, serait-ce pour des contrées aussi peu étrangères pour l'esprit que Paris où ma désormais défunte mère s'était d'abord fixée après sa séparation d'avec mon père et que nous ne quittâmes pour Ottawa, encore capitale nationale à l'époque, que pour me permettre d'entrer au ministère des Affaires extérieures, moi qui connaissais l'Europe mieux que mon propre pays. Même aujourd'hui je reverrais volontiers Nice et ses palmiers poudreux où ces chers retraités, pour y vivre leur mort au ralenti, affluent de partout comme des troupeaux de baleines venues s'échouer sur les rivages méditerranéens... Ces déménagements successifs alternativement aux trousses de mon père divorcé que j'allais rejoindre pour quelques jours, mais toujours en l'absence de la petite Thaïs et de Marceline sa mère, puis au fil de mes missions propres firent qu'en mettant l'océan entre Thaïs et moi, nous ne fîmes connaissance, ma sœur et moi, que la vingtaine venue, presque la trentaine en ce qui me concerne. Et, pour mon malheur, ce fut pour découvrir en ma cadette de huit ans la créature dont rêvait en secret le cœur esseulé, tourmenté, d'un jeune homme singulièrement mal dans sa peau... Mais je parle ici d'une famille, d'un pays, d'un monde écroulé, car ce sont ici des faits bien antérieurs au tournant du siècle que j'évoque. C'est aux obsèques de ce père commun subitement disparu qu'à Montréal, le huit mai 1990, je me suis trouvé face à face pour la première fois avec celle qui n'était encore pour moi qu'un nom, mais un nom qui tout de suite devint pour moi intriguant — s'il ne l'était déjà à cause de son caractère insolite: Thaïs, célèbre courtisane repentante dont Massenet fit un opéra, devais-je apprendre bientôt. Jusqu'alors nous ne savions pratiquement rien l'un de l'autre hormis que nous partagions un père mitoyen tel un mur entre

16

nous deux et aussi que nous existions quelque part au monde, l'un et l'autre, sur des méridiens étrangers et même divergeant vers les pôles antinomiques du Nord et du Sud. Avions-nous eu seulement, jusque là, de la curiosité l'un pour l'autre? Pour ce qui me concerne, l'indifférence que je devais susciter n'était que juste et méritée puisque je n'avais encore rien accompli de remarquable, pas plus dans le domaine des lettres que dans les coulisses des chancelleries: malgré mon âge presque mûr pour une toute jeune fille (vingt-huit ans!), je n'étais encore que cette chose inaccomplie, évanescente, ni chair ni poisson, un romancier en puissance, un poète méconnu sinon inconnu, un demi-frère en sempiternelle partance pour quelque nouveau port d'attache et dont le destin serait de sillonner sans fin des zones lointaines, dans un nomadisme impénitent de l'âme, tout à l'opposé du sédentarisme montréalais dont ma sœur s'accommodait fort bien; vivant chez sa mère, Marceline Authier, et poursuivant à l'université de Montréal des études de médecine en vue d'un poste de pédiatre à Sainte-Justine, elle s'épanouissait lentement, elle toute timide encore lorsque je fis sa connaissance et fort peu soucieuse de faire copain-copain avec moi par une camaraderie fraternelle affectée qui aurait été plus cruelle à l'émerveillement que je ressentis dès l'abord que cette apparence de froideur qui n'était sans doute pour Thaïs que l'effet de la plus exemplaire discrétion. Mais éveillée, cette attirance toute naturelle pour une sœur nouvellement acquise prit rapidement chez moi une tournure passionnelle — à ma grande confusion, à mon grand désarroi. Inutile de dire que je ne cessai pas pour autant de me présenter en grand-frère

17

protecteur, mais le mal d'amour faisait son chemin en moi au point que je ne recherchais plus que sa présence, quitte à venir d'Ottawa à tout bout de champ la retrouver à Montréal, cité qu'à peine deux heures de route séparent de ce qui fut, jadis, capitale. Le prétexte était facile: je mettais sous les yeux de ma sœur pour les lui faire lire les quelques textes, dont un recueil de poèmes et un autre de nouvelles, que j'avais commis durant les loisirs que me laissaient mes parlotes diplomatiques. Quelle occasion de me mettre en valeur et d'évoquer pour elle indirectement et presque plus intimement, si tant est que l'essentiel pour un auteur passe infailliblement par la création, mes rêves et mes soucis secrets! Soumettre à son jugement le fruit de mes veilles... En toute innocence, la jeune fille semblait ravie de ce tout que je lui faisais connaître de moi et ne cachait pas sa fierté d'avoir un frère aussi empressé auprès d'elle que talentueux auteur déjà publié, fût-ce à frais d'auteur et par une petite maison encore des plus obscures à l'époque. Elle me cachait d'autant moins son estime et même son admiration que je n'étais pour elle, affectivement, que ce que la vie avait décrété que nous étions, à savoir de très proches parents, ce qui excluait entre nous tout autre sentiment qu'une sympathie loyalement fraternelle après tout. Cela lui suffisait. Point d'équivoque possible. Mais de mon côté, tant de spontanéité, d'affection, de simplicité, ne faisaient que me la rendre plus chère, imaginant peut-être qu'elle refoulait un sentiment plus intime, voisin du mien, et que je finirais bien par débusquer. Naïf que j'étais — alors! Comme si la Thaïs de vingt ans pouvait seulement songer à enfreindre une loi morale aussi élémentaire que celle qui frappe l'inceste! Reste qu'elle devait se découvrir, plus tard, à son corps défendant, un sentiment plus tendre. Mais c'était justement cette affection non feinte et sans arrière-pensée qui faisait croître en mon cœur durant les premiers temps une euphorie qui faisait que, dès que je l'apercevais, je ne pouvais plus la quitter avant qu'elle ne m'eût signifié en toute ingénuité qu'elle se devait maintenant à ses études ou qu'elle devait faire une course ou préparer le repas que nous prenions avec sa mère, que j'appelais familièrement tante Marceline et à qui la chère enfant se faisait une joie de rendre mille et un services. Ainsi défilèrent nos week-ends en cette première année que je passai à Ottawa, laps de temps à peine suffisant pour me faire prendre conscience sans ambiguïté de la vraie nature de l'ascendant que Thaïs exerçait sur moi. Comment en effet me serais-je douté...? Et comment Thaïs eût-elle pu deviner en mon personnage de frère aîné autre chose et mieux qu'un compagnon très cher comme elle pouvait en avoir deux ou trois autres car, contrairement à moi, si épris... de ma solitude, elle aimait à sortir de temps en temps, sans être le moindrement «mondaine», Dieu merci. Parmi ces compagnons plus ou moins habituels j'appris à connaître au moins l'un d'entre eux, son préféré, Cyrille Courchesne avec qui elle allait au spectacle, au concert ou au cinéma, souvent le vendredi soir tandis que je roulais vers Montréal, c'est-à-dire vers elle, le cœur battant. Mais j'anticipe sur l'année suivante où fut renouvelé pour une seconde année mon stage à Ottawa comme c'était la coutume des diplomates entre deux missions à l'étranger, séjour qui me permit d'approfondir un désir où ne figurait plus rien de platonique dès lors que je n'avais plus qu'une idée en tête, rejoindre Thaïs et la serrer dans mes bras en lui balayant la joue de mes lèvres, d'autant que le saut était si vite fait de la capitale fédérale à Montréal, avant que — bientôt? — le saut ne se fasse depuis la ville de Kébek, centre politique d'un pays enfin souverain, et la Métropole, ainsi qu'on allait réapprendre à dire de Montréal, dès que Toronto aurait cessé de pouvoir prétendre à ce titre sinon pour ce qui resterait d'un Canada amputé de ce qui fut le premier et le seul vrai Canada, ainsi nommé par Jacques Cartier lui-même dès 1534.

Et toujours j'étais le bienvenu en week-end chez tante Marceline, ma pieuse parente par alliance, qui m'ouvrait son foyer comme à son propre fils et chez qui j'avais ma chambre à demeure. J'appris ainsi qu'il était vain de compter sur la présence de Thaïs le vendredi soir, réservé à la culture mais surtout à Cyrille Courchesne, cet étudiant pauvre qui suivait les mêmes cours de médecine qu'elle-même et avec qui elle passait encore souvent deux ou trois heures le dimanche après-midi à comparer, et réviser en conséquence, leurs notes de cours prises en amphithéâtre durant la semaine achevée. Ces «infidélités» qui ne faisaient que me remettre à ma place, une place «de choix», précisait-elle malicieuse, ne faisait que me rendre sa présence plus désirable et me monter contre ce Cyrille de malheur en qui je me fâchais de trouver un jeune homme fort sympathique et tout à fait digne de l'estime de ma Thaïs. «Mais ce n'est qu'un cama-rade», disait-elle en se moquant de ma jalousie, ce qui, pensais-je, était encore trop, malgré la complicité de tante Marceline, ignorante elle aussi de la vraie nature de mon sentiment pour sa fille et ménageant pour moi toute l'intimité qu'elle jugeait normale entre un frère et une sœur que le sort avait trop longtemps tenus éloignés l'un de l'autre. Non, ce ne fut pas à proprement parler un «coup de foudre» mais au long des deux années qui suivirent la mort de notre père, à mesure que notre familiarité croissait, je devenais de plus en plus avide d'une présence tantôt tendre, tantôt effervescente, mais toujours plus facile, plus libre et pleine de tout ce qui pouvait nous passer par la tête. Car tel est l'amour humain qui n'est que jeu et communication, me disais-je, si contraire à celui de Dieu qui n'est que silence et méditation.

Non ce ne fut pas un coup de foudre, mais tout au long de cette année-là, à chacune de mes équipées à Montréal, je devenais plus assoiffé d'elle de toutes les façons. Comme plus tard de Kébek, où j'allais travailler désormais tout en français, je venais en train, en autocar, en voiture de louage surtout, tout tendu vers ma destination et le pied à fond sur l'accélérateur, le samedi matin de bonne heure pour ne rentrer que le lundi matin très tôt, car il me fallait compter en deux heures de route pendant lesquelles je repassais mentalement les moindres moments passés ensemble et découvrais sans doute possible et non sans beaucoup d'angoisse la véritable nature de ma passion pour Thaïs, passion insensée que je vivais avec autant de malaise que de maladresse, au point que j'en vins à considérer comme un bienfait l'obligation où je me trouverais bientôt de repartir en mission à l'étranger où il me serait donné du moins de récupérer ce qu'il me restait d'autonomie de l'âme — et des sens. Et effectivement j'appris que j'étais déjà nommé à Buenos Aires pour la rentrée de septembre.

Mais ce fut d'abord l'été et nous tombâmes d'accord pour passer deux semaines à Kennebunk, station assez fashionnable de la côte Atlantique du Maine — j'ai toujours adoré la mer —, là même où feu le président Bush avait eu naguère sa résidence estivale. J'eus d'autant moins de mal à persuader Thaïs de m'accompagner là-bas que j'acquiesçai sans histoire et avec un réel plaisir à sa suggestion d'emmener avec nous tante Marceline et même le gentil Cyrille qui me servirait de paravent en même temps que de frein aux velléités amoureuses que ne manquerait pas de susciter ce décor maritime où je me souvenais d'avoir passé, enfant, des vacances enchantées auprès de mon père et de ma douce mère, que le sadisme du premier ne devait pas épargner au point de l'user prématurément, la pauvre. Quel vide autour de moi qui avais trente ans à peine! Mais j'étais bien loin de ces pensées moroses, j'exultais à l'idée de couler de grandes journées soleilleuses en compagnie de Thaïs et même la présence de Cyrille ne me gênait pas que, paradoxalement, je percevais en discret petit frère de celle qui était à la fois ma sœur et mon amante à moi!

De fait, ce fut la quinzaine la plus agréable de ma vie, sans le moindre doute possible. Nous formions un petit groupe si uni que nous étions d'accord sur tout et que la pension où nous avions trouvé refuge, assez près du port, convenait idéalement à nos modestes exigences matérielles. La table était irréprochable et servie sur une vaste terrasse en plein air lorsque le temps s'y prêtait. Nous étions à cinq minutes de la plage en bicyclette, et nous avions loué à la journée des bicyclettes grâce auxquelles nous apprenions à connaître tous les coins charmants de ce village assez étendu qui regroupait trois centres d'intérêt: le port, la plage et le bourg proprement dit où les boutiques d'artisanat étaient nombreuses et raffinées, frêles bâtiments faits de bois comme le reste des maisons de la Nouvelle-Angleterre, grandes ou petites, certaines fichées sur pilotis parmi les filets de pêche séchant au bord de la sage rivière qui venait se fondre dans la mer sous un air saturé d'une âcre odeur de varech. Chacun de nous pouvait s'isoler pour lire ou écouter de la musique sur cassette quitte à reformer le «groupillon» — ainsi disions-nous — à l'heure de la baignade, soit deux fois par jour, une seule pour Marceline dont les lestes quarante-huit ans préféraient la bicyclette.

Mais Thaïs! quelle grâce ne lui avais-je pas trouvée, l'apercevant demi-nue pour la première fois, descendant frileusement vers la plage, une plage morcelée, sablonneuse, toute en criques entrecoupées à marée basse de récifs couverts d'algues et de colimaçons, où moules, palourdes, escargots, bigorneaux, coquillages de toutes sortes, se mêlaient, dont nous rapportions à la pension les plus rares spécimens après deux heures tout au plus de soleil et de mer, car nous n'aimions guère lézarder et virer à la couleur de homards plongés tout vifs dans l'eau bouillante, tels qu'on nous les servait à table. Mais à la vérité je n'avais d'yeux que pour Thaïs, oui, quelle grâce, quelle élégance physique et qu'on eût dite morale aussi, tant elle s'exprimait avec des mouvements empreints d'exquise douceur. Etait-il possible que la nature m'eût pourvu d'une sœur aussi parfaite? Nous déployions nos draps de bain et, imprudemment, s'étant enduite de crème solaire, elle me demandait, innocente de mes délices à exaucer son vœu, de lui frictionner doucement le dos, ce que je m'appliquais à faire avec le plus de détachement possible, appréhendant de me trahir, avant que nous ne nous allongions sous un clair soleil dont les rayons grisants dissipaient ce que le souffle du large pouvait nous apporter de frissons. «Oh! que c'est bon!, répétait Thaïs à Cyrille. N'est-ce pas qu'il est gentil mon grand-frère de nous avoir emmenés ici?» Et Cyrille souriait sans rien dire, jugeant sans doute qu'il aurait rempli mon office de frictionneur avec autant de conscience et sûrement plus de passion que moi, car si je n'étais que «*gentil*» au gré de son amie, ce mot usé, insipide, comblait néanmoins le frère que je ne laissais pas d'être et que je ne reniais pas, amoureux que j'étais dans une ambivalence de sentiments à moi-même aussi trouble que mystérieuse. Mais quelque chose comme un semblant d'unité naissait en moi tandis qu'à plat ventre, le dos présenté à la bienfaisante rigueur du ciel et la joue contre le sable, mon regard ne quittait pas les yeux clos de Thaïs allongée comme moi sur le sable et qui semblait dormir. Amour oh! combien ambigu, pensais-je; il y a un lieu géométrique, en effet, où la beauté du corps rejoint et réjouit celle de l'âme, et ma sœur de jour en jour était en passe d'occuper ce lieu géométrique, centre de gravité de mon existence affective. Mais Thaïs ignorait tout de son pouvoir d'attraction, ou bien, le pressentant, elle affectait de vouloir en réduire l'effet en se moquant, à l'occasion, de mes grands airs fendants, car je croyais encore, de temps en temps, qu'il existe des expressions ou des comportements propres aux ambassadeurs, personnages qui ne savent jamais complètement s'abandonner, même en faisant l'amour, comme il en est de réservés aux évêques et aux monarques. C'était la grâce de son naturel, à mesure que je m'y accoutumais, qui dénouait les contradictions de mon personnage, tant soit peu immature malgré mes prétentions. Un jour, je me souviens, nous sortions de la mer et elle me devança délibérément; je me mis à courir après elle qui filait en zigzags, décrivant sur le sable plat de marée basse toutes sortes de figures géométriques, histoire de me dérouter, et moi je courais toujours plus vite derrière elle, ne parvenant pas à la rattraper, comme elle me le permettait à l'ordinaire, tant me désorientaient ses directions imprévues qui faisaient qu'après m'avoir laissé jouer au chat et à la souris, elle se laissait rejoindre et prendre entre mes bras qui se refermaient sur ses épaules. Cette fois, elle courait plus vite que le vent et moi, je me sentais pesant comme une souche sinon plutôt comme ces rochers moussus à la base et devenant gris acier au sommet, comme il en affleure un peu partout sur le littoral du Maine jusqu'à Bar Harbor sur l'île du Mont-Désert où nous nous promettions d'aller en balade un de ces jours. Toujours est-il que, essoufflé, je m'arrête et lui crie, haletant, mi-plaisant mi-sévère:

— Pourquoi t'échapper ainsi, petite fille? Est-ce que tu fuirais ma société, par hasard?

Et effectivement je suis sûr, à présent, qu'elle me fuyait, sans qu'elle-même, pas plus que moi, ne le réalise vraiment. Elle avait pour moi de l'amitié, de l'affection, une vraie tendresse même, mais d'amour assurément point, du moins je m'en persuadais. Quoi qu'il en fût de sa morale, son cœur ne pouvait être à moi, appartenant tout entier à Cyrille, assis alors sur sa serviette de plage et laissant couler un filet de sable sec entre ses doigts, sablier vivant que Thaïs, immobilisée soudain, observait en souriant, tandis que je m'étais arrêté dans ma course en même temps qu'elle, n'osant la rejoindre.

— Tout est affaire de temps, me renvoya-t-elle. Cyrille le sait bien, lui qui a quitté son emploi d'été pour venir avec nous. Pas vrai, mon Cyrille?

Celui-ci hocha la tête en signe d'assentiment, ajoutant candidement:

— Oui, et il me semble que tu représentes encore davantage pour moi depuis que je constate que tu as un frère aussi formidable.

Et croyant me faire plaisir peut-être, il me regardait en souriant, sa main en visière sur le front, d'un sourire ironique ou entendu, je ne sais, comme si la distribution des rôles n'était que trop parfaitement claire entre nous trois: le frère, la sœur, et lui, l'aimé — ou l'amant, car que savais-je de leurs rapports? Tandis que pour moi il fallait à tout prix que Cyrille ne fût que le petit frère qu'on peut bien traîner derrière soi en vacances à condition qu'il se tienne bien tranquille. Car, et je l'avoue à ma honte, qu'était cet étudiant jeune et impécunieux en regard de mes prestiges de romancier en herbe, de secrétaire d'ambassade surtout puisque tel était mon poste officiel dans la hiérarchie diplomatique et qui faisait que sous quelque climat que j'aille, j'accompagnais une serviette — la serviette diplomatique! — bourrée de papiers, tous de la dernière importance... Car tout n'était que papiers dans mon univers mental, notes de service, lettres, télex, fax et poèmes bien sûr. J'organisais des conférences pour les professeurs, des expositions pour les artistes de chez nous, je dépannais surtout des étudiants sans le sou égarés dans les cités européennes ou sud-américaines, des étudiants tous pareils à Cyrille que je ne manquais pas de traiter de haut, en conscience de ma supériorité. J'en parle légèrement. En réalité mon orgueil souffrait le martyre de n'avoir pas su rattraper Thaïs dessinant dans sa course de vastes et énigmatiques arabesques sur la surface vierge du sable blond et se fichant de mes efforts, avec ses grandes et lestes enjambées devant la mer trop bleue où la brise en se levant soudain faisait crouler l'une après l'autre ces hautes lames sur le dos des rares nageurs qui prenaient plaisir à rouler dessous, vagues monstrueuses qu'on appelle à juste titre «rouleaux» et qui se dressent un instant très haut pour mieux s'abattre dans un fracas de tonnerre sur la grève inlassablement battue, me disais-je, depuis l'origine du temps. J'avais donc cessé de courir et regardais ailleurs, au loin, ou peut-être en moi-même, persuadé soudain que c'était indigne de moi que de courir ainsi après une jeune fille, ma sœur, qui se moquait bien de mes émois; ce n'était pas digne de cette indépendance naturelle qu'on me reconnaissait et que je ne cessais de cultiver comme une fleur rare; ce ne m'était pas convenable que de me trouver captif du charme d'un être quel qu'il fût dont, après vingt mois de chasse éperdue, je me rendais compte enfin que je l'aimais à en mourir.

Ce fut un éblouissement, comme si je n'avais pas encore compris que j'aimais d'amour et du fond de l'âme un être interdit, révélation terrible avec laquelle il me faudrait vivre dans un silence opaque où rien de ma vérité ne devait à jamais transparaître. Mais l'amour fraternel, s'ajoutant à l'autre, a aussi sa fulgurance, surtout lorsqu'il se découvre après des années de méconnaissance, ou plutôt d'ignorance réciproque, car cet amour selon la nature et qui le plus souvent remonte à l'enfance, a toutes les chances de s'apaiser par la simple accoutumance. L'amour est une passion qui naît d'un contact qui, pour nous deux, Thaïs et moi, avait jailli des contingences de nos vies orphelines.

Que me restait-il à faire? Ce jour-là, sans mot dire, je ramassai mes affaires et regagnai ma bicyclette. Or en arrivant à l'auberge, je crus entendre une musique de piano venant sinon de loin, du moins au travers d'une porte fermée. Je montai me vêtir, l'oreille tendue vers ce Chopin qui me parvenait jusque dans ma chambre. En redescendant j'interpellai en anglais l'étudiant préposé à la réception, Américain typique avec son tee-shirt blanc à l'enseigne de Harvard:

— Vous hébergez aussi des pianistes? lui dis-je sans façon. (La vieille pension entourée de pins était si familiale, si franquette, qu'aussi bien j'aurais pu me présenter en maillot dans le hall d'entrée).

— Oh! pas seulement une pianiste, une comédienne surtout et d'origine canadienne, je crois; elle est même en train de se faire un nom, paraît-il.

— Et ce nom, c'est?

28

— Nadia Rossetti. Miss Rossetti passe chaque été dix jours avec nous. Bilingue, elle a déjà tourné dans deux films, l'un en français, l'autre en anglais. Mais c'est le théâtre qu'elle préfère. Il faut l'entendre lorsqu'elle répète Brecht, Beckett ou Ionesco. Moi, je ne m'entends guère au français mais...

Le jeune homme s'interrompit. Chopin venait de se taire (ç'avait été la fameuse troisième Etude dite «Tristesse», ou de «L'Adieu» peut-être bien) et la porte de la salle de séjour s'ouvrit: une très belle jeune femme d'une trentaine d'années apparut, les épaules bien dégagées sous l'échancrure d'une robe légère vert pomme et profondément décolletée.

— Je vais faire un tour, Tommy, dit-elle en ajustant sur sa tête un grand chapeau de paille avec un ruban rouge qui pendait derrière. Il se peut que je ne déjeune pas ici ce midi. Vous avez vu Camille? questionna-t-elle sur un ton qui me parut un peu sec.

— Il fait une sieste avant d'aller aux courses de Scarborough Downs, à moins que ce ne soient celles de Rockingham, à ce qu'il m'a dit tout à l'heure pour que je vous le répète. Par contre, M. Buies vous cherchait plus tôt.

— Vraiment? Claude me cherchait? dit la comédienne subitement intéressée.

— Il voulait s'excuser de vous faire faux bond pour aujourd'hui, à vous et à votre mari, mais son nouvel ami Harry voulait voir Ogunquit et ils sont partis dans sa décapotable.

— Oh! je suis habituée, dit-elle en riant jaune, à mon âge et après quatre ans de mariage avec un porc, il faut déjà renoncer à bien des bovarysmes.

— A votre âge, Madame! intervins-je galamment tandis qu'elle gagnait la grande porte donnant sur l'extérieur. Alors je suis un vieillard! [Pur encens…]

Nadia se retourna et me considéra sans mot dire.

— Que je vous présente M. Jonathan Authier, dit Tommy. Un nouveau venu, cette année, mais originaire de Montréal, au Canada, comme vous.

Comme je m'avançais, Miss Rossetti me tendit la main.

— Vous êtes comédienne, lui dis-je, et déjà réputée, ma foi, et moi je suis auteur, auteur entre autres d'une pièce de théâtre encore impubliée, mais qui vous amuserait peut-être.

— Pourquoi pas? Nous verrons cela. Pour l'instant j'ai grand soif d'air pur.

Et, gagnant la porte, elle disparut dans la lumière, sans autre formalité. Ce fut là mon premier contact (suivi de plusieurs autres rencontres fortuites) avec une jeune femme qui devait, bien plus tard, jouer un rôle décisif dans ma vie, plus tard c'est-à-dire maintenant puisque c'est elle qui m'a déterminé à entreprendre ce récit inachevé de ma vie, alors que j'atteins à peine la cinquantaine.

Cependant, tante Marceline se réjouissait de voir sa fille plus épanouie que jamais et en reportait le crédit sur l'aimable présence de Cyrille, ce qui ne m'empêchait pas de me lier d'une affection profonde avec ma belle-mère, si jeune encore. Pour rire je l'appelais familièrement Mme Desbordes-Valmore en souvenir de la vibrante poétesse de «La Couronne effeuillée» et des «Roses de Saadi» dont elle n'était pas sans m'évoquer le personnage et dont, surtout, elle portait le suave prénom: Marceline. Dix fois elle me demanda de lui réciter l'un ou l'autre des poèmes cités que mon adolescence avait gravés dans ma mémoire — car, à la vérité, on ne se souvient guère que des poèmes de sa jeunesse. Je gagnais ainsi la confiance de Marceline Authier et, en retour, celle-ci m'autorisait toutes les folies que mon imagination pouvait enfanter au profit des deux jeunes gens, que mes airs alternativement graves et taquins déridaient facilement. Cette expédition à l'île du Mont-Désert où Samuel de Champlain avait fait escale dans sa première exploration de la côte nord-américaine et que je tenais à connaître depuis longtemps marqua peut-être le clou de ces vacances improvisées et sans le moindre tiraillement grâce à la disponibilité de mes compagnons. Je louai une voiture et longeant plus ou moins la côte, tant elle était dentelée, parsemée d'îles et de presqu'îles, nous remontâmes vers le nord-est pour atteindre en quelques heures Bar Harbor, village qu'avait habité Marguerite Yourcenar chez qui nous frappâmes pour y être reçus par son amie toujours vivante, et dont le nom m'échappe; il y a si longtemps maintenant. Tout de même elle nous donna de précieuses indications sur la grande île érigée en Parc national et que dominait le Mont-Désert au sommet duquel un musée conservait à l'intention du voyageur le souvenir de sa découverte par Champlain en des temps très anciens. Après avoir fait le tour de l'île nous regagnâmes le port de Bar Harbor, petite capitale des lieux et village propret où depuis plus de cent ans les grandes familles de New-York et de Boston passaient l'été au terme d'un interminable voyage en diligence ou bien grâce au petit chemin de fer, comme cette Natalie Clifford Barney, célèbre Parisienne d'adoption qui y séjournait à la fin de l'avant-dernier siècle, le XIXᵉ, dans une solitude troublée par les seules lettres d'amour que lui adressait de Paris l'excentrique Renée Vivien, poète de haut vol et adepte de Sapho qui, au Mont-Désert, préférait les îles grecques, singulièrement celles de Lesbos...

Une autre fois nous allâmes à Boston mais prisonniers des autoroutes surélevées, nous nous retrouvâmes soudain sur le chemin du retour, riant comme des fous de notre déconvenue. Oui, quelles chouettes vacances ce furent, où me fut épargné ce que j'appréhendais par-dessus tout, un tête-à-tête avec Thaïs. Car ma sœur m'était si profondément chère, je lui voulais tant de bien qu'une angoisse me poignait à tout instant quoi que je fisse pour paraître gai. Comment ne pas redouter de ma part quelque geste, quelque parole déplacée qui m'eût trahi — trahi ce qui était si doux, si pur en moi malgré tous mes fantasmes, pur comme ne peut l'être qu'un premier et limpide amour qui s'adresse d'abord à la *qualité* de la créature. Il me semblait qu'un simple aveu de mon sentiment m'eût apaisé — pour combien de temps? — mais cela même m'était interdit. Il me faudrait vivre avec cette soif éternellement inapaisée d'une présence dont je n'aurais connu que des bribes. Oh! ces samedis matins aux aurores où je descendais encore d'Ottawa à Montréal, avant que ce ne fût de Kébek, le cœur battant, comme je les regretterais ces moments bénis où nous habitions à deux heures l'un de l'autre, quand je songeais que je serais sous peu envoyé en poste à l'étranger où une distance infranchissable de mer m'interdirait tout espoir de la revoir à volonté. Et j'essayais de me détacher d'elle tout en préparant psychologiquement mon départ pour Buenos Aires, l'esprit préoccupé néanmoins par tout ce qui la concernait, ces études de médecine surtout auxquelles elle allait devoir se remettre: un pressentiment me disait que, trop sensible ou plutôt trop émotive (nuance énorme qu'on n'observe pas assez, me semble-t-il), ma sœur ne parviendrait pas au terme de son cours ou du moins de son internat. L'exercice de la médecine, et déjà les études, exigent des nerfs d'acier qui n'étaient pas le fait de ma fragile petite sœur. Et voilà que je la prenais en pitié, que je m'attendrissais sur elle, sûr moyen de m'attacher à elle davantage. Je songeais à nos connivences dans mille petites choses, à nos grands intérêts partagés: la musique, les livres, et jusqu'à nos convictions morales et spirituelles — à l'exception sans doute du droit à l'amour, hélas — au point qu'un mot suffisait entre nous là où de longues élaborations n'auraient pas suffi avec le premier venu. Mais quoi! tout cela n'était que le corollaire de notre lien fraternel, m'eût-elle répondu si j'avais prétendu y trouver autre chose. Et sans doute elle aurait eu raison. Et pourtant... Et pourtant je ne pouvais éviter de me flatter qu'elle partageait, fût-ce en silence, ce désir insondable de nos corps étroitement enlacés, ne serait-ce qu'une seule fois. Car après tout, nous n'étions frère et sœur qu'à demi et nous avions été élevés comme des étrangers au point d'être, jusqu'à la mort de notre père, des inconnus l'un pour l'autre. Et je raisonnais ainsi dans ma chambre, en rangeant mes affaires, prenant la parole, la lui rendant pour m'entendre opposer une évidence ou bien, au contraire, plein de joie pour l'entendre m'assurer d'un accord inespéré, bouleversant, qui me faisait exulter. Et de nouveau la froide réalité: inutile de rêver, il n'y avait rien à attendre de mon amour, Thaïs Authier, que notre commun patronyme ne pouvait qu'éloigner de moi malgré l'admiration réciproque.

Et bien! tant pis pour moi. J'aurais beau me familiariser avec ma passion au point de la trouver normale sinon banale, elle n'en restait pas moins «énorme» eu égard aux bienséances, voisine de l'inceste, sinon parfaitement incestueuse. Sans prendre la peine de frapper chez elle, à l'autre bout du petit couloir en bois peint en blanc, avec des moulures anciennes à l'encadrement de chaque porte comme en ont les vieilles demeures de la Nouvelle-Angleterre, mais passant rapidement devant sa porte d'un pas que feutrait la moquette à fine texture jaunâtre dont j'ai gardé le souvenir, ne m'arrêtant pas davantage chez Cyrille, mon «rival», je descendais rapidement au hall d'entrée, au «lobby» des voyageurs où, après avoir admiré encore une fois les vieilles lithographies de Kennebunk jaunies sous leur plaque de verre encadrée de noir, je poussais la porte grillagée que je connaissais bien maintenant et me trouvais sur la grande terrasse où s'entassaient tables et chaises. Là, tout seul, je m'asseyais après avoir commandé un *long drink* quelconque qui m'était aussitôt apporté dans un grand verre armé d'une paille. C'est ici qu'était servi le petit déjeuner et aussi les autres repas lorsque le temps s'y prêtait, à ce que m'avait dit l'employé. Autrement cette grande terrasse à balustrade restait à la disposition des clients, des *guests*, pour bavarder, jouer aux cartes ou attendre le retour des baigneurs ou bien encore attendre que descendent ces dames du petit autobus local qui passait toutes les demi-heures et ramenait celles-ci du centre du village avec toutes ses boutiques en bois aux pilotis rongés par le sel où l'on pouvait trouver des choses très fines, exquises même, telles des dentelles, des vases à fleurs, des figurines en délicate céramique émaillée ou en bois sculpté, des pichets en étain, et même des bustes de Mozart de tous les formats en l'honneur du bicentenaire du musicien, des coquillages peints à la main destinés à servir de cendriers (on fumait encore en ces temps éloignés), sans compter ces mille et une pièces d'étoffe de lin ou de chanvre que l'on trouve dans tous les endroits de villégiature, mais ici relevées d'un certain goût qui dénotait que la société qui fréquentait ces parages appartenait à une sorte de *gentry* — on n'y eût pas vu un Noir par exemple, ou un Portoricain. Strictement *WASP* — *White Anglo-Saxon protestant.* Rien pour autant n'en interdisait l'accès à qui que ce soit, avec leurs hauts cottages en bois peint. C'était simplement ainsi. C'était la Nouvelle-Angleterre.

En deux jours nous avions appris à connaître l'essentiel de Kennebunkport, de Kennebunk Beach et de Kennebunk Village. Chacun de nous se sentait maintenant plus libre d'aller, à vélo, reconnaître la contrée, le petit port aux mille mats enchevêtrés, tout à fait carte postale. Moi, en tout cas, je tenais de plus en plus mes distances avec Thaïs. Remarqua-t-elle que quelque chose avait changé dans mon attitude? Ainsi, à table, où nous nous retrouvions, j'étais beaucoup moins «causant», mes remarques habituelles se faisaient moins facétieuses et je racontais seulement en

35

guise d'explication, que la fin prochaine des vacances me rendait tant soit peu morose.

— Alors, chéri, me disait Thaïs en toute innocence, il faut justement profiter de ces derniers jours, et tu en profites, avoue-le! Ce matin je t'observais depuis la terrasse par une fenêtre du grand salon. Tu étais tout absorbé dans l'écoute de cette soi-disant pianiste amateur que j'ai déjà entendue jouer du Chopin comme une virtuose au MF de Radio-Canada... Voyons, comment s'appelle-t-elle?

— Nadia Rossetti, ne te fatigue pas, chérie, dis-je, la langue entre les dents et d'un air aussi détaché que mon humeur me le permettait.

— Nadia Rossetti, bien sûr! Tu as toujours raison. Mais n'est-elle pas d'abord actrice de télévision?

— Tout à fait. Et de théâtre. Je me rappelle un peu l'avoir applaudie dans la Célimène du *Misanthrope* au TNM voilà trois ans lors de mon premier retour à Ottawa. J'arrivais de Tunis, encore novice dans la carrière.

— Et vous lui avez parlé? questionna le beau Cyrille qui vouvoyait mes trente-et-un ans et mes hautes accointances internationales.

— Et pourquoi pas? Je ne suis pas si blasé que la fréquentation des célébrités ne me flatte pas. Elle est charmante du reste, cette femme, tout en possédant une haute conscience de sa valeur. Mais elle reste très abordable, malgré toute sa «classe» et ses airs inspirés. D'ailleurs les gens vraiment inspirés sont toujours abordables. Pourvu que tout cela ne se perde pas avec l'âge et le succès. Entre autres confidences, elle m'a dit être accompagnée ici par son mari «qui déteste la musique et le théâtre» et par son «cousin» un certain

Claude Buies qui l'adore, paraît-il, et lui tient lieu d'escorte où qu'elle aille. Drôle de famille, non?

— Drôle de trio, en tout cas, dit Cyrille Courchesne.

Je jetai un coup d'œil du côté de Thaïs, histoire d'observer sa réaction. Elle ne disait mot, baissant les yeux vers son assiette le plus naturellement du monde. Décidément le sujet de cette comédienne doublée d'une pianiste que j'admirais un peu trop ne lui inspirait pas — pourquoi? — de commentaires ironiques. Tante Marceline au contraire qui l'avait vue par hasard dans une dramatique à la télévision l'admirait inconditionnellement et nous prédit pour elle le plus riche avenir.

Mais je me gardai d'insister et conservai pour moi la longue conversation où nous nous étions peu à peu engagés, Nadia et moi-même pour qui la musique et la comédie sont des thèmes où je me débrouille assez bien, en bon professionnel de ces matières auxquelles je devais tout de même les responsabilités culturelles à moi dévolues par le ministère. Dans les propos que j'avais tenus, j'avais glissé au passage une allusion «au succès de mes propres travaux». Je l'avais questionnée sur ses projets artistiques. Mais, pour l'heure, j'avais le cœur bien trop rempli de Thaïs pour ne pas en rester à un entretien courtois avec une future étoile de passage.

Reste que ce fut là ma première et frappante rencontre avec Nadia Rossetti (elle tenait ce nom de son vague mari brésilien), Nadia qui devait, beaucoup plus tard, occuper une place privilégiée dans ma vie, jusqu'à déclencher la rédaction des présents «mémoires galants» avant même que j'en connaisse le dénouement, mais dénouement qui ne saurait plus tarder après tant et tant d'années d'espoirs et de déconfitures alternés.

*

Nous étions à l'avant-veille de notre départ.

— Allons, les enfants, j'ai une idée. En consultant la carte routière qui est au mur là-bas dans le hall, j'ai constaté que nous ne sommes qu'à quinze kilomètres d'Ogunquit, séjour de vacances encore mieux coté que Kennebunk. Si nous allions voir par nous-mêmes de quoi il retourne?

— Moi, ça me va, dit Thaïs, pourvu que Marceline (ainsi nommait-elle sa mère) et Cyrille soient d'accord.

Elle parlait avec son plus gentil sourire, ce sourire qui m'attendrissait quand je pensais à elle le soir dans mon lit solitaire rendu glacé par l'air marin.

— Et pourquoi pas? dit tante Marceline toujours curieuse de voir du pays.

— Eh bien, soit, conclut Cyrille, allons-y, il n'est pas trop tôt. Et nous pourrions peut-être emporter nos maillots de bain pour ne pas manquer une de nos dernières occasions de jouer les vedettes olympiques...

Le temps que Thaïs passât une nouvelle robe soleil et se pomponnât, nous fûmes dans la voiture, Marceline à mes côtés, Thaïs derrière avec Cyrille.

Le silence régnait. J'allumai la radio. Surprise: on annonçait en anglais la même Etude de Chopin, la troisième de l'Opus 10, que Mme Rossetti me jouait encore le matin même, celle que Chopin lui-même préférait à toutes les autres.

— Ça, c'est un hasard! Mais qui tombe un peu trop à point, malheureusement: car n'est-ce pas là la mélodie de «l'Adieu»... ou celle dite «Tristesse», ce qui ne vaut guère mieux?

Et je songeais non seulement à la fin imminente de nos vacances mais plus encore à ma séparation prochaine d'avec Thaïs. Et encore un peu plus tard cet après-midi-là, comme nous parcourions à la file indienne un sentier dit *The Marginal Way*, le chemin du bord de mer, aménagé en surplomb de l'océan derrière un écran de verdure, sorte de haute haie interrompue tous les cinquante mètres par des bancs publics où l'on prenait le loisir d'admirer la mer à perte de vue, je réfléchissais à cette situation créée par l'ancrage en moi d'un attachement que j'aurais trouvé inadmissible si je ne l'avais moi-même éprouvé tout naturellement pour cette jeune fille qui était ma sœur. Certes, j'étais battu d'avance dans la lutte pour un cœur que me disputait Cyrille. Reste qu'avant que sonnât l'heure de mon départ pour Buenos Aires fixé enfin au premier jour d'octobre, il me faudrait combattre, c'est-à-dire agir, c'est-à-dire ouvrir mon cœur à qui me l'avait ravi puisque tout ce que mon attitude, mes gestes, ma voix, suggéraient de tendresse péniblement dissimulée ne suffisait pas à éclairer ma sœur de sang sur un amour dont la folie m'accablait à la fin à force de ne pas trouver d'écho chez cette créature dont le magnétisme ingénu me paraissait toujours neuf tant nos respectives enfances et adolescences nous y avaient peu préparés. En même temps, peu à peu, je m'accoutumais à ma passion qui cessait de m'apparaître un crime, une aberration des sens ou de l'esprit. Et c'est ainsi qu'on s'habitue aux désirs, aux fantasmes, qui nous sont d'abord apparus trop hardis, sinon scandaleux, pour nous y abandonner. Il ne serait pas dit que j'aurais misé tout mon avoir affectif, puis tout perdu, à la course au bonheur, sur cette jeune pouliche, et cela non tant parce que je lui aurais déplu, encore moins parce qu'elle avait, elle, l'esprit et le cœur et les sens tout préoccupés par Cyrille (ou tel autre prétendant) que parce qu'un lien de parenté lui interdisait ne fût-ce que de songer à l'éventualité d'un simple flirt entre nous deux, une inclination tendre et délicate, faute de mieux, comme il pouvait en exister par exemple entre elle et Cyrille justement, le beau Cyrille qui pour toute supériorité avait sur moi d'être désargenté et celui d'avoir, à deux ans près, son âge, tandis que moi, un abîme de huit ans me coupait d'elle, écart psychologique important à cet âge et capable de lui inspirer pour moi la «considération» que commande malgré lui un aîné juste tombé du ciel qui fait carrière dans les chancelleries après avoir étudié dans les prestigieuses universités européennes. Cyrille Courchesne, lui, avait la grâce d'être Cyrille Courchesne, un jeunot sympa qui allait comme elle entrer en troisième année de médecine et avec qui on peut copiner sans façon tandis que je ne pouvais être que l'aîné sévère à qui nous lie telle banale affection fraternelle, attachement que l'on éprouve mais qui ne se «déclare» pas, et surtout de nature à couper court à toute velléité plus câline, plus tendre — ne parlons pas de volupté, encore moins d'érotisme...

Eh bien, soit, je me déclarerais, il le fallait, et ce dès avant mon départ pour Buenos Aires. Si la vie avait permis sinon provoqué cette rencontre, je ne pouvais faire moins, avant de m'éloigner d'une enfant dont je m'étais doublement toqué et comme sœur et comme amante, que de tout lui avouer après deux années d'héroïque silence.

Rentré à Ottawa, qui demeurait encore — pour combien de temps? — notre Babel nationale, j'osai donc, jouant le tout pour le tout dans une tentative pour récupérer au moins une part de mon âme kidnappée par la faute de quelque pur hasard, rédiger une lettre aussi sincère que possible dont j'ai conservé deux brouillons, deux versions plutôt qui montrent à quel point je restais démuni devant le sentiment qui m'habitait et qui me vaut aujourd'hui de me faire romancier d'une passion à laquelle l'oxygène de l'espoir viendra tôt ou tard à manquer puisqu'aussi bien il s'agit pour Thaïs d'une passion sans autre issue que la mort ou la ruine. Or je n'avais, écrivain, jusque là griffonné que de pauvres rêves, poèmes assez faiblards préludant néanmoins à l'éclatement de quelque exaltation déchirante et passionnée à laquelle, étant ce que j'étais, je ne pouvais pas échapper. En témoigne la lettre suivante dont j'ai conservé un premier état et qui, à défaut de résultat, me fit du moins faire l'apprentissage de mon métier de romancier. Voici le texte dans toute sa sincérité, ce qu'on appellerait aujourd'hui, à l'instar des classiques, sa «naïveté»:

Bien-aimée Thaïs,

Depuis un an je crois pouvoir me rendre cette justice d'avoir été d'une discrétion exemplaire avec toi. J'ai été ton grand frère, je le demeure et je suis fier d'avoir une petite sœur aussi vaillante que toi. En particulier, tu ne saurais savoir combien tes études de médecine m'impressionnent, moi le rescapé des facultés dites «sèches», car on n'y pleure guère, sans doute. Toi, tu sais pleurer et c'est pourquoi l'objet de cette lettre est pour moi si difficile à exprimer. Imagine-toi séduite par une musique inattendue qui te tomberait du ciel alors que tu vaques avec indifférence à tes occupations. C'est un peu l'image qui me hante et ma musique c'est toi. J'ai là, dans l'esprit, ta voix qui me poursuit, à laquelle je n'arrive pas à échapper, quelque effort que j'y mette. Je crains, pour tout dire, d'avoir pour toi plus qu'une tendresse fraternelle et j'ai beau chercher désespérément à me convaincre que je rêve, je me réveille dès que je t'aperçois, dès que je t'entends.

Par ce temps d'immoralisme où plus personne ne s'offusque de rien, il n'y aurait rien là que de banal si, outre ma demi-sœur, tu n'étais cet ange même qui fait que je t'aime, et je te dirais avec simplicité et sans périphrase que tu es entièrement maîtresse de mon tourment comme de ma félicité, maîtresse de mon cœur en somme. Comprends-tu bien ce que je cherche à te dire le plus doucement possible?

Je viens de passer l'année la plus merveilleuse qui soit concevable. Non pas, bien sûr, à cause de mon travail ici au ministère mais à cause d'une certaine Thaïs Authier. Tu la connais? Peut-être pas autant que tu crois, pas autant que moi, à ce qu'il me semble. Reste que tu te consoles sans doute facilement de mon prochain départ pour Buenos Aires où l'on m'envoie en qualité de troisième secrétaire. En un sens cela m'aurait comblé, trouvant à mettre en pratique cette langue que j'aime si fort l'espagnol, oui cela m'aurait comblé, si tu ne t'étais révélée à moi dans toute ta grâce, voici deux ans, aux obsèques de notre père, mais comment te chasser de mon esprit? Nous serons encore longtemps séparés, mais j'ai le sentiment trop vif que ta musique en moi n'est pas près de s'éteindre. Cette séparation durera des mois, des années, des décennies peut-être mais il y faudrait des siècles pour que ta pensée, ton visage s'éteignent en moi, laps de temps qui dépasse largement la durée normale d'une existence humaine, et me laisse à penser du moins qu'il existe bel et bien une après-vie, un au-delà de la mort où sont réparées les injustices du sort comme celle d'aimer malgré l'interdit moral, et sans que le silence définitif des battements du cœur épris vienne jamais compromettre l'éternité de certains sentiments.

D'ici là, il faut que tu me rendes mon cœur, mon âme, mon corps, tout ce que tu m'as confisqué sans le savoir ni le vouloir certes, car je te connais mieux que tu ne peux le croire: je sais, en tout cas, que tu es une jeune fille qui, pour être spontanée et primesautière, ne plaisante pas avec la destinée, pas plus la tienne que celle des autres. Alors qu'autour de nous, partout, depuis ces années 90 que nous vivons, les sentiments ne sont plus que sensations creuses...

Ces paroles que j'aurais voulu simples deviennent, je le crains, un peu solennelles, ce qui ne correspond pas du tout à mon état d'esprit lorsque mon radar affectif devine ta présence dans mes parages. Il s'agit alors d'une joie, non pas qui s'use, mais de plus en plus intense à mesure que j'apprends à te connaître mieux et sur laquelle joie je vois mal comment je pourrais faire «le bon sourd de la bête féroce» comme le préconise Rimbaud dans sa **Saison en enfer**. Mon espérance en effet la redoute, cette joie si fragile, embarrassée de croire que la prochaine fois je pourrai enfin me réapproprier mon cœur désœuvré, ou plutôt le rapatrier car il est pour le moment tout entier sous ta juridiction territoriale, pour parler en diplomate. Et tout cela tu le réussis en étant toi-même sans plus. Du haut de tes vingt-deux ans, ta parole module tour à tour la familiarité, l'affection et la distance, oui la distance qui fait que tu persistes à me dire «vous», que tu m'échappes aussi lorsque je m'élance à ta poursuite sur la plage pour bien marquer l'infranchissable barrière d'un cœur occupé ailleurs et, de toute façon, réfractaire à ce que les braves gens traitent, sans en rien connaître, de ce nom aussi cruel qu'absurde d'«amour contre-nature»... Comme si cela se pouvait!

Et c'est parce que je suis nommé pour deux ans à Buenos Aires que j'ose enfin t'ouvrir mon cœur, n'espérant pas te voir arriver là-bas de sitôt, avec ou sans tante Marceline, car je devine que tu ne peux que m'opposer une perpétuelle fin de non-recevoir, l'avenir n'étant guère, hélas, qu'un passé qui se prolonge. Je te laisse donc la clé de ce mystère qui me voudrait à tes genoux, mystère qui m'appartient d'autant moins qu'au bout du compte, tu ne m'auras ni aimé ni haï, j'en ai peur. Mais pourquoi, après

44

tout, ne ferais-je pas un dernier saut à Montréal pour
me rencontrer fin septembre, rencontrer sinon récupé-
rer ce personnage d'amoureux méconnu que tu as
confisqué sans doute contre ton gré? Je te jure que je
serais capable, comme je l'ai fait jusqu'à cette lettre
(qui me rend confus!) de me comporter en honnête
homme et que tu n'aurais point, toi, à rougir de moi.

Chère petite, si savante et si naïve, se peut-il que
je sois ainsi «ta chose» sans représenter rien pour toi
sinon un grand frère raseur qui n'a pour sa cause que
de pouvoir accepter qu'on l'asticote à l'occasion sans
égard à la gravité de tes innocentes malices? Car loin
de moi le dramatique, le tragique, le pathétique, tout
en somme de ce qui fait les amours banales contra-
riées. Contrariées par toi, ma Thaïs? Bien sûr, et je
l'accepte mais rends-moi du moins ce que tu m'as
volé, ce cœur tout palpitant de tendresse, par quelque
refus éclatant et scandalisé de le conserver même à
ton corps défendant, qui mettra fin pour de bon à
l'incertitude dans laquelle je demeure malgré tout.
Rends-le moi par un silence cruel ou bien, mais là je
rêve, rends-moi la vie par une impensable, une impos-
sible réponse...

A toi pour toujours, même si cela doit te heurter,
t'irriter... — mais qu'y puis-je?... que peut-on contre
*ses tentations affectives les plus **personnelles** et donc*
les plus insensées et les moins surmontables?

Jonathan

Comme j'aurais dû le prévoir, il n'y eut pas de
réponse et je ne repassai par Montréal que pour une

correspondance aérienne. Le cœur lourd et pourtant soulagé d'avoir tenté l'impossible, je m'éloignais avec l'espoir que le temps et la distance, malgré que je me fusse dans ma lettre réclamé de l'éternité, viendraient à bout sinon de l'indifférence de Thaïs, du moins d'une passion maladive déjà avortée dans la réalité; et de fait je m'abstins durant trois mois de lui écrire, réservant mes lettres à Marceline, ma belle-mère, qui restait pour moi «tante Marceline» ou encore, par jeu, Mme Desbordes-Valmore en souvenir toujours du navrant poète de «La Couronne effeuillée», petit chef-d'œuvre de spiritualité qu'elle avait appris à aimer grâce à moi et à me réciter à son tour en y mettant toute son âme qui était grande. Mais comment le nier? Ecrivant ces lettres argentines enthousiastes pour tante Marceline, je les destinais en secret à Thaïs, me doutant bien qu'elles lui seraient lues et commentées. Or j'avais beau m'en faire accroire encore, le mal était fait, le mal — incurable — étant qu'elle fut ma sœur et que ma passion apparemment non rendue respirait des effluves sulfureuses que tante Marceline n'aurait pas été la dernière à dénoncer, avant ma trop chère Thaïs elle-même. Ardente et passionnée autant que moi, telle elle était, bien qu'un peu convention-nelle comme il sied à une jeune fille bien élevée, surtout à cet âge encore tendre de la vie, conformisme dont elle reviendrait sans doute avec les grandes remises en question de la maturité mais appliquant pour l'heure toute son ardeur à me fermer la porte, satisfaite peut-être, ainsi que je lui avais écrit amère-ment, d'avoir «confisqué» même à son corps défen-dant mon «personnage d'amoureux méconnu». Et la preuve en est qu'elle ne jugea pas déplacé de prendre la plume au bout de trois mois pour répondre à un mot adressé à sa mère où j'avais exprimé, avec cette fois trop de liberté peut-être, le désir où j'étais qu'elles vinssent toutes deux passer les fêtes de Noël avec moi, chez moi, à Buenos Aires. Et j'osais demander expressément l'avis de Thaïs là-dessus. J'ai malheureusement, parmi tous mes voyages, perdu ou déchiré la réponse négative de Thaïs à mon ambiguë invitation où pourtant même entre les lignes, il n'y avait que sincérité à l'endroit de ma plus proche famille, *volonté* de franchise plutôt mais à laquelle je ne pouvais m'empêcher de croire ou d'espérer que ma sœur serait sensible en ne se méprenant pas tout à fait sur mon désintéressement. Or la blessure faite par ma lettre, il convenait que je la panse par des égards qui feraient comme un baume sur la peine que j'avais dû lui causer. Elle parut y être sensible en effet puisque son nouveau refus, prévisible, s'enrobait de touchantes expressions d'amitié et même d'affection dont je n'avais pas à douter de l'authenticité car elle n'en était pas si coutumière.

Pour en avoir le cœur net — rien ne décourage l'amour — le printemps venu, j'écrivis de nouveau à tante Marceline une lettre plus personnelle où je me laissais aller à évoquer les souvenirs les plus aimables de mes deux années passées au Canada et où j'exprimais, avec une émotion non déguisée cette fois, ma hâte de les revoir cet été-là toutes deux ici ou là-bas car j'avais «oublié mon cœur à Montréal»... Je ne pouvais m'exprimer plus clairement sans offenser Thaïs ou mettre la puce à l'oreille de ma belle-mère, à qui je risquais à demander au surplus de plaider ma cause auprès de sa fille, sans crainte de l'effaroucher par mon insistance.

Cette fois, j'ai retrouvé la réponse de ma sœur, missive au papier déjà jauni après moins de vingt ans de silence, pièce précieuse d'un dossier secret devant me permettre un jour, comme je l'ai dit au début de ces mémoires, de «romancer» mes amours afin de mieux m'en libérer. Thaïs écrivait:

Cher Jonathan,

*On se sent gênée de répondre par écrit à un auteur, même si vous vous défendez d'avoir à ce jour publié plus d'un recueil de nouvelles, dites-vous trop modestement, et deux plaquettes de poésie. Et vos deux récits, alors? D'ailleurs ce n'est pas à vous que j'apprendrai que la quantité ne fait rien à l'affaire, d'autant, mon cher frère, que votre jeune trentaine vous laisse tout le loisir d'étoffer votre œuvre. Pour moi, j'en augure fort bien, surtout si vous vous tournez du côté du roman dont vous me parliez avec tant d'enthousiasme jusqu'à m'avouer que vous aviez le point de départ d'un récit pour lequel vous avez déjà un titre: **Le Mal d'aimer**. Nous avons assez souvent causé ensemble de littérature et de vos idées là-dessus pour que je ne doute pas de la réalité de vos dons et c'est à une déférente admiration chez moi que vous devez imputer mon usage du vouvoiement et non pas à quelque distance affective tout à fait superflue entre frère et sœur... Quant au voyage à Buenos Aires dont vous nous réitérez l'invitation, l'idée en soi m'en plairait toujours — et pourquoi pas? — n'était la crainte que j'ai que vous ne manqueriez pas de me*

faire la cour plus encore qu'à Montréal n'est-ce pas,
ce que je trouverais on ne peut plus déplacé entre
nous, d'autant que votre attitude risquerait de vous
trahir devant ma chère maman, laquelle, compte tenu
de l'immense confiance qu'elle vous porte, serait en
droit de s'en trouver profondément choquée, encore
que, quant à moi, je ne me formaliserais de rien,
indulgente que je suis à tous les élans un peu sincères
de l'humaine nature.

Laissons passer les mois jusqu'à ce que vous vous
soyez apaisé et que vous ayez réussi à dominer votre
imagination trop vite portée aux extrêmes en la
canalisant vers des créations dignes de vous — je
pense à ce roman que vous pourriez tirer de votre
«méprise sur la personne aimée» en me souvenant de
vos propres paroles: on ne peut chasser une passion
que par une autre passion plus forte; et cette passion
chez vous, en l'occurrence, a pour nom écriture,
littérature, art, spiritualité peut-être, comme vous
voudrez, à l'exclusion de toute autre tentation, à
commencer par l'amour, sentiment que vous devriez
laisser aux âmes communes comme la mienne jusqu'à
ce que vous ayez rencontré l'être, l'artiste peut-être,
qui saura répondre aux désirs de votre excessive
sensibilité de poète... Et parmi les âmes communes,
j'entends toutes celles pareilles à la mienne qu'étouffe
encore le conformisme de ces bienséances qui ne
peuvent être pour vous que les conventions fragiles
mais étrangement perdurables de l'époque, son
masque, son hypocrisie, pour tout dire, mais qui pour
moi repose en fait sur une éthique que j'assume
comme devant subsister et qui m'interdit de songer
que vous pourriez être pour moi plus et mieux qu'un

ami affectueux et tendre et à qui je souhaite mille prospérités.

Pour vous aider à surmonter cette épreuve, sachez que je suis disposée à vous revoir ici cet été avec pour témoins Marceline et Cyrille dont je viens d'accepter la main qu'il me tendait: nous allons nous marier en juin, à moins que ce ne soit à l'automne, la date n'est pas encore fixée, mais soyez assuré, mon très cher et bien estimé frère, que je vous en ferai part à temps pour que vous puissiez être des nôtres, au moins ce jour-là, si le cœur vous en dit.

Rien que votre petite âme-sœur,
Thaïs Authier

Mensonge, ce mariage, me dis-je, volonté de créer de l'irréparable entre nous et de rassurer Marceline, si besoin était, mais surtout, et c'est écrit noir sur blanc, invention «pour m'aider à surmonter l'épreuve». Ce mariage avec Cyrille n'aurait pas lieu, j'en aurais mis ma main au feu. Et effectivement, octobre venu, je n'avais reçu ni faire-part ni invitation au supposé mariage. A tel point qu'au printemps suivant, voulant en avoir le cœur net, de passage à Montréal en route pour Ottawa, j'en profitai pour rendre visite à Thaïs et à Marceline un dimanche d'avril, ne m'étant annoncé que la veille. Or je les trouvai tranquillement dans le solarium de la maison, tante Marceline cousant et Thaïs plongée dans ses notes accumulées en marge de son internat dont elle me fit admirer l'énorme quantité. Le plus étonnant fut mon premier silence gêné, surtout quant à ce prétendu mariage projeté avec Cyrille Courchesne dont il ne fut d'abord même pas question. Du reste ma passion non rendue était déjà et pour toujours, croyais-je, rangée au grenier de ma mémoire comme un vase précieux mais par trop fêlé pour ne pas désespérer de le faire recoller un jour.

— Vous partez déjà? dit Marceline étonnée. Et sans même nous faire l'honneur d'une tasse de thé? Et moi qui croyais, riez si vous voulez, que vous aviez un faible pour Thaïs! Voyez comme on peut se raconter des histoires, au point que c'est moi qui la poussais à ce mariage avec Cyrille pour couper court à toutes ces imaginations. Mais elle a fini par s'y refuser. Pourquoi? Je ne sais. On dira que je «retarde». Et c'est vrai que j'ai presque l'âge d'être votre mère, ne l'oubliez pas. Vous souriez? Vous me trouvez bien défraîchie, n'est-ce pas? Mais quarante-neuf ans, c'est encore la jeunesse aujourd'hui. Ah non! nous ne sommes plus à l'époque de Mme Desbordes-Valmore...

— Oh! dites-moi quelques strophes de la «Couronne effeuillée», m'écriai-je pour faire diversion. Pour moi, quand je songe à vous, et cela m'arrive plus fréquemment que vous ne croyez, c'est la grande Marceline Desbordes-Valmore qui me vient en premier à l'esprit.

La mère de Thaïs, sans lever les yeux qui restaient fixés sur son ouvrage tandis qu'elle se faisait toute petite, presque recroquevillée dans ce fauteuil du solarium qui était le sien, commença, d'une voix tout intériorisée, comme si elle parlait pour elle-même:

J'irai, j'irai porter ma couronne effeuillée
Au jardin de mon père où revit toute fleur;
J'y répandrai partout mon âme agenouillée.
Mon père a des secrets pour vaincre la douleur.

Tante Marceline soupira profondément, fit une pause avant de reprendre, sans que je l'en eusse sollicitée, mais en s'animant peu à peu:

J'irai, j'irai lui dire au moins avec mes larmes;
«Regardez! j'ai souffert...» Il me regardera,
Et sous mes jours changés, sous mes pâleurs sans
                                        \charmes,
Parce qu'il est mon père il me reconnaîtra.

— Ce poème ne te convient pas, maman, intervint Thaïs, puisque tu es encore toute belle.
— J'ai pourtant l'âge de Marceline Desbordes-Valmore lorsqu'elle a composé ces strophes douloureuses où s'exprime, c'est si rare, une vraie souffrance de femme.
— En tout cas, si c'est peut-être notre père à Jonathan et à moi qui t'a fait souffrir, ce n'est certainement pas moi, dit Thaïs avant que sa mère poursuive comme n'ayant rien entendu:

Il dira: «C'est donc vous chère âme désolée!
La terre manque-t-elle à vos pas égarés?
Chère âme, je suis Dieu: ne soyez plus troublée;
Voici votre maison, voici mon cœur, entrez!»

O clémence! ô douceur! ô saint refuge! ô père,
Votre enfant qui pleurait, vous l'avez entendu!

Je vous obtiens déjà puisque je vous espère
Et que vous possédez tout ce que j'ai perdu...

Marceline renifla et s'essuya les yeux avec un petit
mouchoir qu'elle tira de son corsage:
— Je ne peux plus continuer, je suis trop émue.
— Allons, il ne vous reste plus qu'une strophe,
tante Marceline, dis-je en guise d'encouragement.
— Je me sens indigne de prononcer ces vers...
Mais puisque vous le désirez:

Vous ne rejetez pas la fleur qui n'est plus belle:
Ce crime de la terre au ciel est pardonné...

— Non vraiment, je ne peux plus. Achevez, vous,
Jonathan.
— Je ne me fis pas prier parce que j'aimais
Marceline presque à l'égal de sa fille.

Vous ne maudirez pas votre enfant infidèle,
Non d'avoir rien vendu, mais d'avoir tout donné.

Nous nous tûmes et notre silence me parut durer
une pleine journée.
— Merci, dit enfin Thaïs, vous m'avez comblée
tous les deux.
— Oh! dis-je, c'est Marceline qui a tout fait, tout
dit.
— Oui, la grande Marceline Desbordes-Valmore,
tellement malheureuse à côté de moi, comblée de
toutes parts jusqu'à mon mariage. Je craindrais que la
même chose ne t'arrive, Thaïs, et c'est pourquoi
finalement je ne suis pas mécontente que ce mariage

avec Cyrille n'ait pas lieu — pas tout de suite en tout cas. Ce ne sont pas les prétendants qui manqueront quand tu seras médecin en titre, même si, hélas, bien peu t'arriveront à la cheville et sauront mesurer ta valeur. Je parle de garçons comme vous, mon fils adoptif, dit-elle en me regardant mélancoliquement. Alors elle poursuivit.

— Vous souriez, Jonathan? Mais vous ne savez pas combien elle s'ennuie depuis votre départ. N'é- taient de ses études, quel compagnon vous lui faisiez! Quelle paire d'amis tous les deux, le frère et la sœur... Mais je vous retiens, cher Jonathan, peut-être êtes-vous attendu et je ne vous ai toujours pas servi le thé, sotte que je suis. Oui, peut-être êtes-vous pressé, avez-vous rendez-vous ou devez-vous repartir ce soir pour ce qui pourrait n'être plus la capitale fédéralee du Kébek d'ici un an ou deux peut-être? Mais reve- nez, je vous recevrai mieux, et cela fera tant plaisir à Thaïs, qui évoque si souvent votre présence, n'est-ce pas Thaïs chérie?

Thaïs resta coite, avant d'entrouvrir les lèvres comme si elle allait parler, et cela dura plusieurs secondes, puis non: elle détourna le regard vers les grandes fenêtres du solarium d'où une lumière intense illumina un instant ses yeux que gonflaient alors, j'en jurerais, de grosses larmes retenue par de longs cils bruns. Jamais depuis je n'ai oublié l'éclat de ces prunelles où se reflétaient, comme en une bulle de savon où se cristallise dans une chambre rendue presque sombre par une après-midi finissante toute la lumière d'un jour d'été encore étincelant de clarté. Se pouvait-il, se pourrait-il qu'elle m'eût aimé? Je ne dispose d'aucune autre preuve mais je n'en ai jamais douté depuis. Et c'est la même révélation qui m'a donné la clé de ce troisième roman, *Le Mal d'aimer,* dont je crains seulement qu'il ne devienne *L'Amour en vain* et que je tente d'exorciser en haussant au rang de fiction la douleur d'avoir perdu à jamais sans doute mon unique chance de connaître le bonheur. Avec sa réponse muette mais combien parlante de ce jour-là à Montréal, Thaïs m'ouvrait à la certitude de ne m'être pas trompé sur l'objet de mon amour, et comment ne souhaiterais-je pas aujourd'hui, dix-huit ans plus tard, que son indifférence apparente n'ait été et ne soit encore que le masque d'un impératif catégorique qui s'oppose à notre amour comme la plus arbitraire, la plus injuste barrière dressée par un lien de consanguinité dont ni elle ni moi ne sommes les responsables. Je n'en ai jamais douté et pourtant ce ne serait pas trop d'un aveu de ma sœur pour me délivrer de son emprise affective et que se cicatrise une plaie qui, autrement, risque de durer autant que moi, car en dépit de tous les prestiges de la littérature, je ne saurais récupérer mon âme qu'avec l'aide de cette sœur dont même les charmes de Nadia Rossetti ne sauraient m'empêcher de conserver aujourd'hui le vivant souvenir, et ce jusqu'au milieu des étreintes délirantes que je me promets auprès de la comédienne, mémoire toujours présente en moi, accordée telle une grâce pour ainsi dire sublime parce que sans issue, mémoire dont je ne souhaiterais la perte qu'en échange de ma liberté longtemps ravie, celle de l'âme échappée à son premier geôlier, afin de pouvoir la mettre enfin tout entière aux pieds de Nadia cette fois, Nadia retrouvée par hasard ou pour m'aider expressément, qui sait? à me détacher de ce maudit enchantement de jeunesse, à défaut de pouvoir légitimer l'accomplissement d'un rêve étrange et d'autant plus exaltant que chimérique.

Deuxième partie

Naguère

Voici donc qu'au terme de longues années passées tantôt à l'étranger tantôt à Kébek lorsque la Province passa au milieu de convulsions encore vives au statut d'Etat souverain, il semble que mon livre plus ou moins abandonné faute de matière soit en passe de rejoindre ma vie actuelle, ma vie immédiate et profonde; je ne raconte pas encore ce que je vis au quotidien, tel qu'en un journal intime, je consigne ici des événements encore récents qui me laissent, hélas, autant que jamais dans le doute sur ce que me réserve l'avenir, élaborant néanmoins un récit — je n'ose écrire une «œuvre» après deux tentatives romanesques manquées depuis les temps lointains que j'ai évoqués — un récit, dis-je, propre à me rendre à moi-même, plus que jamais dépossédé d'une âme proche — est-ce la mienne? est-ce celle de Thaïs? — une âme en tout cas que je me désespère pas de reconquérir en poursuivant ce travail d'amertume.

D'abord sitôt vécus les événements que je rapportais, passé le temps d'une longue période de désœuvrement du cœur, j'acceptai l'idée qu'une page était tournée et que l'amour, même réciproque, doit s'incliner devant la fatalité d'une passion «illicite». La seule existence d'un tel amour doit suffire aux vrais amants. Thaïs m'en donnait l'exemple, sans que j'eusse à me défendre contre les soupirs et les reproches de Cyrille Courchesne, ni même à m'en inquiéter, puisque, à tort ou à raison, les grosses larmes retenues au bord des cils que j'avais surprises dans ses yeux, m'avaient persuadé que l'amour de ma sœur m'était acquis. Or parti d'Ottawa, encore ma capitale, pour Madrid où j'avais été nommé, il me suffit d'un peu de temps et d'éloignement pour que je prenne conscience qu'il n'est d'obstacle à l'amour que l'amour même dès lors qu'il est partagé. En sorte que le temps viendrait à bout de scrupules qui m'interdisaient néanmoins d'aller au-devant d'elle comme elle sans doute devant moi. Combien longtemps me faudrait-il attendre — infiniment longtemps sans doute, toujours peut-être — pour que le silence de Thaïs se rompît en ma faveur? Tout ne pouvait que venir d'elle désormais. Il me faudrait donc revivre jour après jour le martyre de son absence, cet état de drogué en manque d'une drogue qui n'était que sa présence près de moi, car telle était toujours pour moi Thaïs, un besoin, une soif d'elle, de la chaleur de sa petite âme blessée d'amour — si tant est que je ne rêvais pas, une soif, un besoin qui — j'en prenais à témoin le Dieu des croyants — allaient bien au delà de ce banal désir que l'acte sexuel peut apaiser jusqu'à la prochaine fois... Je l'aimais, elle m'aimait, et je ne pouvais rien pour nous rapprocher qu'attendre passivement un mot, un signe, un geste d'elle — je l'imaginais débarquant à Madrid, se jetant dans mes bras et m'avouant son amour envers et contre tous... Et pourquoi pas après tout?

En attendant, je me rongeais avec pour unique perspective d'éclaircie à l'horizon de ma vie, celle d'être envoyé en poste d'ici deux ou trois ans à Berne ou à Bruxelles car je ne pouvais douter que la satisfaction que j'avais donnée jusqu'ici me vaudrait une promotion dans un pays francophone d'Europe. Certes il était encore trop tôt pour espérer Paris, où le poste prestigieux et convoité de conseiller culturel était traditionnellement réservé à un diplomate chevronné ou encore à un intellectuel de fort calibre jouissant pour le moins d'une notoriété étayée par des travaux de haut vol que personne n'avait lus mais dont le titre imposait le respect.

Avec mes poèmes et mes quelques morceaux de prose, je ne pouvais assurément prétendre à une telle réputation. Mais ne m'étais-je pas mis au travail sur un roman sérieux, un roman «vécu», le mien, qui me vaudrait à terme quelque reconnaissance sinon du public, du moins de quelques membres influents de l'institution littéraire — l'intelligentsia!— dont je n'avais pas eu trop à me louer jusqu'ici.

Résumons. Après une série de postes de second plan, et au terme d'un nouveau séjour de deux ans à Ottawa, séjour fort mouvementé en raison du climat politique qui y régnait, l'ambassade donc de l'avenue Nuñez de Balboa, soit le poste de Madrid, m'était échue qu'on m'avait d'ailleurs laissé miroiter depuis longtemps. Je ne me plaignais pas de mon sort, car Madrid, au contraire de Rome, est une ville toute classique, régulière, aux larges perspectives, telles que je les aime, et ses environs sont d'une richesse inépuisable: Tolède, mais aussi Ségovie, Aranjuez, Avila, sans parler de l'austère palais de l'Escurial, quelle veine pour moi! Et surtout j'aurais le plaisir de travailler avec une collaboratrice kébékoise recrutée sur place qui connaissait tous les dossiers, au point que je pouvais me reposer sur elle pour débrouiller les affaires compliquées dont mon prédécesseur n'avait pas su se dépatouiller et suppléer à toutes mes carences d'apprenti dans mon nouveau poste, car Lorraine Audet connaissait Madrid sur le bout de ses doigts et me fut une cicérone parfaite, m'accompagnant jusqu'en Andalousie, pour m'initier l'esprit à l'architecture hispano-mauresques. Cette Lorraine Audet me devint vite très chère, au point que sa présence — nous déjeunions ensemble presque tous les midis — savait atténuer le chagrin, qui ne me quittait pas, de ma séparation d'avec Thaïs, laquelle m'envoyait à présent un petit mot «gentil» à Noël, mais laissait à sa mère, la chère Marceline, le soin d'une correspondance plus régulière qui suffisait du moins à me tenir au courant du train-train de la vie quotidienne à Montréal, où rien ne changeait fondamentalement, sinon que les tensions politiques, dont j'étais par ailleurs informé par l'entremise de la voie diplomatique, celle des fax et des journaux — ces derniers avec quelque retard — , allaient se durcissant. Je regrettais seulement de n'être pas sur place pour faire le coup de feu si on en arrivait là! Car il y avait de la résistance à tout changement chez les anglophones du Kébek. Entre nous, membres du personnel de l'ambassade, c'était le silence: tous nous nous taisions comme si rien ne se passait, malgré les référendums à répétition et les éclats d'une guerre civile par bonheur purement verbale jusqu'ici.

De nouveau j'écrivis à tante Marceline mon souhait de la voir ici avec sa fille, voyage qui n'excluait pas pour elles deux, voire pour nous trois, un autre séjour, à Paris cette fois, qu'à la différence de ma belle-mère qui y avait vécu, Thaïs ne connaissait pas. Car notre docteur en médecine était depuis longtemps attachée à temps plein à Sainte-Justine, encore qu'elle disposât d'une certaine latitude dans l'emploi de son temps de travail et des congés qu'elle pouvait s'accorder.

Ô surprise! Ce fut Thaïs qui me répondit. Voici le texte de sa lettre que je recopie amoureusement autant qu'amèrement:

Trop cher Jonathan,

Je t'écris cette lettre à l'insu de maman qui ne doit rien deviner du sentiment qui nous habite tous les deux. Car je dois enfin t'avouer que mon cœur répond à tes sentiments pour moi. Oui, moi aussi je t'aime ardemment, bien que je sache que cela puisse être très mal jugé de gens qui ne nous connaîtraient pas l'un et l'autre et plus encore de maman qui ne nous connaît que trop et qui a l'air de se douter de quelque chose. Quel choc tout de même ce serait si elle apprenait la vérité!

Depuis que j'ai doublé le cap morose de mes trente ans et que j'exerce ma profession de médecin à l'hôpital Sainte-Justine pour les enfants, je suis à la fois profondément heureuse et profondément malheu-

reuse et je ne sais comment tout cela va finir. Entre nous deux, rien n'est possible, tant que maman vivra en tout cas, et même après, qui sait? Oh! pardonne-moi de n'être pas courageuse et de ne pas oser affronter le qu'en dira-t-on et de braver surtout les impératifs de la morale traditionnelle dont on sait combien elle est maltraitée en cet affreux siècle finissant. Car je t'aime avec la même sincérité que toi, même si j'ai dû le cacher, comme je me le suis caché à moi-même trop longtemps... Puisqu'entre frère et sœur, le mariage est impossible et qu'il ne saurait exister entre eux d'autres liens que tendres, je ne saurais m'abandonner à des haïssables rêveries sans faute grave. C'est pourquoi je songe toujours à épouser Cyrille Courchesne qui ne s'est pas encore lassé de me faire la cour et même se fait des illusions de plus en plus roses... Ce n'est qu'un ami, mais il est très bon pour moi et sa fidélité m'est acquise. Me le pardonnerais-tu? C'est toute mon inquiétude. Oh! dis-moi, je t'en prie, ce que je dois faire pour être digne de toi et je me conformerai à ta sagesse mais plus encore à ta volonté qui suffira à fortifier la mienne — quelle qu'elle puisse exiger...

Désespérément,

Thaïs

Faute de savoir lire entre les lignes et incapable, par lâcheté devant un choix aussi déchirant, de me résoudre à donner le conseil, *quel qu'il fût*, qui eût apaisé Thaïs, incapable de deviner son intérêt profond sans y mêler le mien, je me trouvai impuissant à répondre à cet appel au secours et je m'en repens depuis lors. Toute réponse, toute attitude ferme, même l'ordre d'épouser Cyrille, eût mieux valu que mon silence pusillanime, comme la chose devait se confirmer par la suite. Sans doute j'aurais été tenté de céder à ma passion en «bravant moi aussi la morale traditionnelle» mais la pensée que tante Marceline ne se remettrait pas du choc, une angoisse inconsciente de ternir en elle — et en Thaïs bien sûr — mon image de «gentilhomme» peu suspect d'un sentiment aussi répréhensible, tout cela me paralysa la main. Et puis mon enfance catholique que je devais à ma mère chérie pesait lourd en moi... En sorte que je fis le mort, dans l'espoir que tout s'arrangerait bientôt, de soi-même, comme par l'opération du Saint-Esprit... Là fut ma faute la plus impardonnable, même si ses conséquences les plus tragiques ne devaient se révéler que plus tard.

*

Les années se bousculaient. Nous étions en plein XXIe. Je fus nommé à Rome, puis à Bruxelles avec, entre les deux postes, une année passée dans la capitale de notre nouvelle patrie, le Kébek, d'où j'évitai, toujours par lâcheté, de me rendre à Montréal, serait-ce pour saluer mes plus proches parents, mais entretenant une correspondance intermittente avec tante Marceline qui, assez étrangement et malgré mes questions répétées, ne me donnait plus guère de nouvelles de Thaïs.

Quant au transfert des pouvoirs entre les deux anciens partenaires politiques, il s'était fait en douceur, les fonctionnaires fédéraux du Kébek changeant tout simplement d'une allégeance à la Reine à l'allégeance à la nouvelle République du Kébek, qui fut désormais épelé ainsi, en mémoire de ses origines amérindiennes car nous gardâmes plus que jamais notre devise de *«Je me souviens»*. Je conservai des liens épistolaires avec Lorraine Audet, ma plus fidèle amie, passée elle aussi sous la coupe de Kébek, et qui, vu son statut de recrutée sur place où elle étudiait le castillan à l'université, restait attachée à l'ambassade kébékoise de Madrid où elle faisait merveille en attendant de passer ambassadrice! Quelle femme charmante c'était, et c'est encore! Si les circonstances ne nous avaient séparés et si je n'avais eu le cœur encore et toujours tout plein de Thaïs, j'en aurais sans doute fait ma femme et je pense que cela n'aurait pas déplu à la jeune diplomate. Mais Thaïs était là, dans mon esprit, telle la statue du Commandeur, ne se laissant pas oublier, ne serait-ce que par son angoissant silence répondant au mien. Tante Marceline m'apprit un jour qu'un «mal mystérieux» lui faisait repousser de mois en mois le mariage avec Cyrille... Elle-même allait paisiblement vers ses soixante-cinq ans d'âge, tandis que je passais mes cinquante ans, mais sans les «faire» car le célibat, tout comme la création artistique, *conserve* — mieux que l'alcool en tout cas ainsi que Camille Rossetti risquait d'en faire tantôt la preuve. Pour tout dire j'étais encore et toujours physiquement et mentalement, le «jeune homme» aux mêmes responsabilités professionnelles que j'avais appris à aimer: j'improvisais de petites fêtes culturelles à l'ambassade en l'honneur de nos artistes de passage, des expositions de peintres de chez nous, des conférences pour nos distingués visiteurs du Kébek sans que, Dieu merci, les problèmes de langue ne se posent plus malgré le bilinguisme officiel de la capitale belge. Ou bien, plus souvent, je venais au secours de nos ressortissants, la plupart du temps des étudiants mal en point, financièrement ou autrement, ou encore je renseignais les enseignants belges, désireux d'émigrer chez nous, sur les opportunités qu'offraient notre nouveau pays francophone.

Mais voici qu'une troupe de théâtre kébékoise s'annonça à la Monnaie de Bruxelles pour trois représentations seulement, avec en vedette féminine nulle autre que Nadia Rossetti, artiste kébéko-brésilienne dont je me souvenais fort bien alors que, après avoir trop longtemps hésité entre le piano et la scène elle m'avait entretenu longuement de son avenir au cours de savantes conversations dans le Maine, U.S.A. C'était vers la toute fin du dernier siècle alors que le cœur encore tout plein de ma Thaïs chérie, je cherchais des dérivatifs à mon obsession en m'intéressant à tout ce qui pouvait relever de la fonction artistique, mon domaine professionnel, sous quelque aspect que ce fût. Depuis ce temps, je savais que Nadia avait fait sa marque dans le monde du spectacle, pour l'avoir suivie de loin mais pas à pas dans sa marche en avant vers une gloire aujourd'hui incontestée dans tout le monde francophone, voire anglo-saxon à cause de ses films merveilleux. Je savais aussi que son «caractère difficile» n'avait d'égal que sa suavité impérieuse d'actrice de cinéma autant que le lyrisme impétueux de ses éclats de comédienne de théâtre. Occasion rêvée d'un déjeuner en son honneur à l'ambassade de Bruxelles en guise d'hommage à une Kébékoise faisant honneur à son pays d'origine. Ma conscience professionnelle m'indiquait qu'il aurait convenu d'inviter toute la troupe jusqu'au dernier accessoiriste mais, outre que notre salle à manger s'y prêtait mal dans sa relative exiguïté, je me trouvai impuissant à me refuser le bonheur de la revoir en petit comité, c'est-à-dire avec quelques invités de choix. L'ayant rejointe à l'hôtel par téléphone, je ne manquai pas de m'enquérir, une fois l'invitation acceptée en principe, du nom des personnes dont elle souhaitait la présence autour d'elle. Surprise et déception pour moi lorsqu'elle désigna d'abord son mari Camille Rossetti — le gros Camille, pensai-je en imaginant que ce viveur invétéré n'avait pu que grossir encore avec les ans —, Camille, qui très exceptionnellement accompagnait son épouse dans sa tournée européenne; et puis elle cita Claude Buies, dont je me souvenais fort bien et qu'elle me désigna sous le nom de son «protégé», lui qui était à quarante ans «son meilleur élève» (sic) me dit-elle — il n'était plus son «cousin» apparemment! — et pour qui elle avait exigé et obtenu un rôle dans le Ionesco à l'affiche, sans lequel elle se désistait. Pour le reste des hôtes du déjeuner, elle s'en «foutait». Je choisis donc quatre autres invités parmi la nomenclature habituelle du Bruxelles artistique et intellectuel pour former une table de huit, chiffre au delà duquel il eût été impossible d'avoir une conversation d'ensemble autour de Mme Rossetti dont la langue bien pendue, si elle était en verve, je m'en souvenais, n'épargnait personne et dont les paradoxes étaient propres à susciter des discussions passionnées. Mais la connaissant de réputation, il lui arrivait aussi, et je pouvais le redouter, de ne pas ouvrir la bouche et d'être à peine aimable, comme ces vedettes trop assurées de l'être.

Dès l'apéritif pris dans le salon attenant à la salle à manger, après avoir excusé mon ambassadeur, «pris ailleurs à la même heure», je fus rassuré. Nadia Rossetti était dans un de ses meilleurs jours, daignant me reconnaître et se souvenir de nos conversations de Kennebunk.

— Votre voix et votre nom au téléphone de l'hôtel ne m'ont d'abord rien rappelé, dit-elle à sa manière franche, presque brusque, mais à présent que je vous vois — je suis une visuelle malgré mon goût du piano —, je vous replace très bien: comment ne pas se souvenir de nos gentils bavardages de Kennebunkport? Vous accompagniez une dame et un jeune couple, si j'ai bonne mémoire, et la jeune fille était tout à fait charmante sans que je crois me tromper en disant qu'elle étudiait la médecine.

— En effet, dis-je en baissant malgré moi la voix, il s'agissant de Thaïs Authier, ma demi-sœur et de son amant le jeune Cyrille, Cyrille Courchesne — comment oublier ce nom? dis-je dans un souffle. Et quant à la dame, c'était la mère de l'étudiante. Je l'appelais familièrement Marceline Desbordes-Valmore, à cause de son prénom et du goût qu'elle avait pour la poésie.

— Ah! oui, les «Roses de Saadi» de cette pauvre Marceline, je connais, dit Nadia, c'est un vieux souvenir de conservatoire.

Et elle prit sa voix grave, sa voix chaude, sa voix de «diseuse» pour murmurer:

J'ai voulu ce matin te rapporter des roses
Mais j'en avais tant pris dans mes ceintures closes
Que les nœuds trop serrés n'ont pu les contenir.

Les nœuds ont éclaté. Les roses envolées
Dans le vent, à la mer, s'en sont toutes allées.
Elles ont suivi l'eau pour ne plus revenir;

La vague en a paru rouge et comme enflammée.
Ce soir, ma robe encore en est tout embaumée...
Respires-en sur moi l'odorant souvenir...

Ce poème tout de passion retenue fut dit avec une telle intériorité, une telle absence d'emphase que j'en fus tout bouleversé. Et l'attirance que j'avais eue naguère pour Nadia me revint, sous l'emprise, sous le *charme* de cette soudaine voix de contralto. Un silence s'était établi. Je le rompis.

— Enfin, dis-je, si les amours de Thaïs et de Cyrille ne se sont pas terminées par un mariage en bonne et due forme, je ne peux que le déplorer en tous cas.

— Vous croyez? dit Nadia Rosetti retrouvant sa voix «naturelle». Ce garçon n'était pas du tout fait pour elle, si vive, si primesautière, presque trop intelligente, m'avait-il semblé.

— Laissons ces souvenirs qui ne sont pas sans me faire un peu mal aujourd'hui, et permettez-moi plutôt de vous dire, chère Nadia, que mon admiration pour votre art s'est encore accrue depuis le film magique que vous avez tourné avec le vieux Polanski. Vous y étiez délicieusement émue et donc adorablement émouvante, et c'est pourquoi il m'a paru tout naturel

70

de souligner votre passage à Bruxelles par cette petite réunion d'inconditionnels de vos dons. Mais ces pauvres mots sont tout à fait insuffisants pour rendre compte de ma pensée sur votre art unique...

Je me tus, presque étranglé par l'émotion, émotion due à tout un passé ressuscité par le génie de cette femme dont l'intériorité, la sensibilité, véritable ou simulée, m'avaient bouleversé soudain, en évoquant cet autrefois dont je ne guérissais pas, comme je ne guérissais pas du souvenir de cette promenade avec Thaïs, Marceline et Cyrille sur le sentier de corniche à Ogunquit, appelé *Marginal Way*, où tous les cinquante mètres nous nous asseyions pour scruter l'océan, insondable comme la vie. Je poursuivis en levant mon verre:

— Le lustre de votre gloire rejaillit sur votre pays natal, le Kébek, qui vous en sait un gré infini par un acquiescement de ma modeste bouche. Je n'ai pas pu réunir autour de vous à la dernière minute tout ce que j'aurais souhaité de fidèles, mais ces messieurs de la presse dramatique vous connaissent et vous admirent tous, en particulier notre aîné M. Dewart du *Soir* dont la parole fait loi dans le monde du théâtre bruxellois et même, à l'occasion, dans celui du cinéma. N'est-ce pas, M. Dewart?

— Ce n'est pas à moi de le dire. Vous me faites trop d'honneur, dit le critique prudemment. Mais il est vrai que Mme Rossetti orne d'un beau fleuron la couronne internationale des arts de la scène et de l'écran.

— J'ai aussi invité un tout jeune dramaturge, sur qui l'on fonde déjà les plus grands espoirs, M. André de Groot, qui m'a confié vous destiner l'œuvre qu'il achève en ce moment. Eh bien, avant de passer à table, permettez-moi de lever mon verre à votre santé, ainsi qu'à celle de M. Camille Rossetti, votre époux, et à M. Claude Buies qui n'est rien moins, selon votre dire, que votre élève de prédilection, votre protégé, comme on aimait à dire autrefois.

J'avais simplifié les formalités au minimum. Le toast bu, un serviteur poussa la porte à double battant qui nous séparait de la salle à manger où nous pénétrâmes en silence. Au fond de moi-même, je m'interrogeais sur l'attitude à adopter devant l'époux, ce gros Camille qui avait pris du ventre et dont le crâne s'était tout à fait dégarni depuis vingt ans, et ce Claude Buies dont je ne voyais pas très bien le rôle dans ce trio bizarre, à moins qu'il ne se fût imposé, depuis tant d'années, comme l'amant officiel de l'héroïne du déjeuner, toléré par un mari trop complaisant qui y trouvait ses avantages... J'en conçus de la jalousie pour Claude Buies bien plus que pour le sieur Rossetti, aussi rose de figure que l'œillet qu'il arborait à la boutonnière.

A table, en même temps que je me taisais, sans m'obliger à relancer à tout prix une conversation un peu anémique au début, j'observais plutôt à la dérobée ce visage encore jeune de Nadia avec son auréole de cheveux flottants, cette allure de grande dame rompue à toutes les mondanités, mais ne laissant guère paraître qu'un détachement un peu distant qu'enveloppait ce simple drapé rouge à l'indienne, que retenait à l'épaule une broche d'or dont les diamants scintillaient et ravissaient parmi tant de sobriété vestimentaire, «un précieux cadeau» qu'elle nous déclara tenir d'un ministre des Beaux-Arts du

Mexique, lequel «se trouve être un ami personnel», précisa-t-elle. Mais, me disais-je, cette broche pouvait tout aussi bien venir du sieur Rossetti lui-même qu'on disait riche à milliards, en exagérant peut-être.

Car Nadia Rossetti n'avait pas besoin de se prêter des amitiés chez les grands de ce monde, sa célébrité parlait pour elle, et puis elle était sûre de sa valeur, ne faisant pas plus de frais d'amabilité qu'il n'en fallait, persuadée sans doute que son talent, sinon son génie, justifiait amplement les hommages qu'elle recevait. Loin de me refroidir, cette assurance, cette autorité souveraine, ne faisait qu'augmenter la fascination qu'allumait dans mon esprit la présence à mes côtés de ce «monstre sacré», dont la voix de violoncelle résonnait encore à mon oreille comme un instrument dont elle pouvait tirer les plus souverains accents. Mais je me gardais, malgré l'envie que j'aurais eu de me mettre en valeur moi aussi auprès d'une femme pour qui j'avais déjà vibré autrefois et qui ne manquait pas aujourd'hui de m'en imposer, je me gardais, dis-je, de monopoliser la conversation, préférant mettre en valeur le jeune dramaturge dont le critique du *Soir* semblait faire, à juste titre sans doute, le plus grand cas. Quant à Claude Buies, je le sentais surveillé par Nadia qui aurait voulu sans doute qu'il tînt son rang parmi cette brochette d'artistes et d'intellectuels mais qui semblait s'en moquer éperdument. C'est en vain que Mme Rossetti le prenait à témoin de ses «névroses» d'actrice de théâtre et de cinéma à qui rien n'arrivait jamais que «d'imprévu ou d'inespéré». Il écoutait à peine et mangeait goulûment.

— Ah! ce cher, ce très cher Claude! s'exclama-t-elle tendrement, comme je saurais récompenser son talent... si seulement il en avait!

— Peu importe, disait Camille Rossetti un peu éméché et sans paraître touché si peu que ce soit par la jalousie, je ne me fais pas de souci pour ses quarante ans, à celui-là, il a fait et fera son chemin, quel qu'il puisse être, car ma femme ne saurait que porter bonheur à qui lui fait l'amour aussi souvent qu'elle lui en exprime le désir, car elle a des exigences, ma femme...

Ce mot un peu rude jeta pour le moins un froid dans la petite assemblée pourtant blasée.

— Raison de plus pour que j'achève mon présent chef-d'œuvre! de s'écrier, en une exclamation spontanée qui dégela tout le monde, le jeune auteur dramatique un peu éméché lui aussi par les cocktails et les nombreux verres de vin dont les serveurs n'étaient pas chiches, par suite d'une consigne que je leur avais donnée.

A trois heures on leva la séance. Avant de se quitter, Nadia tira de son sac quatre billets pour son spectacle Ionesco (elle jouait la Reine Marguerite dans *le Roi se meurt*) et me les remit discrètement.

— Vous serez étonné mais ne soyez pas trop surpris quand même de m'entendre — si vous daignez venir voir la pièce — répéter des passages que je travaillais déjà, je crois, ce lointain été à Kennebunk où le hasard nous rapprocha. Et je souhaite que cela n'éveille pas en vous des souvenirs trop désagréables, ajouta-t-elle en me regardant du coin de l'œil avec un air plus qu'aimable cette fois, presque complice, me sembla-t-il.

Je me confondis en remerciements, qui me parurent presque exagérés dans leur sincérité, expression d'une gratitude démesurée qui rejoignait chez moi un désir combien évident de plaire. Car en quoi pouvait à ce point me flatter ce geste si naturel, cette attention si peu compromettante de Nadia? Et à quelles personnes proches de moi faire plaisir avec ces places de théâtre de choix? Je me demandais même, dans ma totale solitude, quelle jolie compagne je pourrais bien emmener là-bas avec moi. Il était loin le temps de Lorraine Audet à Madrid. Seule Thaïs aujourd'hui serait sensible à une pareille faveur bien digne de sa jeunesse curieuse de tout, pensai-je avec une nostalgie qui me faisait voir en ma sœur la petite jeune fille de jadis et non pas la femme qui devait facilement dépasser les quarante ans aujourd'hui... Au bout du compte je distribuai les billets aux jeunes femmes du personnel de l'ambassade, moins un seul que je conservai pour mon usage, si tant est que le charme magnétique de Nadia agissait déjà pour moi comme un alcool pur.

Là-dessus, au lendemain d'une représentation de la pièce de Ionesco, dont le comique sait toucher à l'égal du plus profond Molière, je reçois du Kébek une lettre dont l'adresse est libellée à la main. Déjà mon cœur trépigne. J'y veux reconnaître ce que je sais de l'écriture de Thaïs, si déplorée depuis son appel désemparé de l'autre année. Or non: courant à la signature, c'est Marceline, ma fidèle tante Marceline, qui ne m'oublie jamais. Et voilà qu'elle me fait part de son mariage à elle, veuve de soixante-dix ans, avec un dénommé Louis-Michel Decroix, gros bonnet d'après ce que je vois puisqu'il est président de ci, président de ça, y compris d'une maison d'éditions littéraires ayant pour raison sociale L'Oiseau-prophète, mais président aussi d'une grosse brasserie dont les réclames à la télévision m'ont toujours paru d'un admirable mauvais goût. Tout ceci me fait regretter cruellement l'impossibilité où je suis de m'absenter de mon poste pour cette occasion. J'hésite tout de même avant d'adresser mes félicitations à Montréal, accompagnées d'une réponse négative pour ce qui est de ma présence au mariage d'une femme qui est tout de même ma belle-mère, soit la seconde femme de mon père, pour ne rien dire de la joie que j'aurais à revoir Thaïs, ma petite sœur qui aurait été prête à se donner pourvu que j'eusse eu le courage ou le cynisme de la prendre, ne puis-je m'empêcher de penser tristement, nostalgiquement surtout. Mais je sais que mon ambassadeur compte sur moi pour une tâche très précise dont il m'a parlé la semaine précédente. Plus encore je crains de gâcher mes ultimes chances auprès de ma demi-sœur par des gestes et des paroles qui, pour être candides et sincères, trahiraient trop vite que je ne l'ai pas oubliée — comme si j'avais encore quelque chose à perdre en ne conservant pas mes distances!... N'est-il pas déjà trop tard pour rêver? Rêver à cette petite violette que je n'ai pas su cueillir à temps et qui est maintenant grand médecin sans doute et bien peu préoccupée de moi si j'en crois mon pessimisme qui la voit déjà mariée — ou morte, qui sait?... Finalement, écartelé, le désir de retrouver ma jeunesse l'emporte. Le désir de respirer l'air que nous avons respiré ensemble est le plus fort, ne serait-ce qu'avant de tomber dans les bras de la géniale Nadia Rossetti dont je sens qu'elle ne se déroberait pas peut-être à mes caresses...

Parvenu à destination, le tambour voilé cesse enfin de rouler dans ma poitrine et je retrouve la mère et la fille telles que je les ai quittées il y a tant d'années déjà. Mais voilà que Thaïs, épanouie, toujours fraîche et désirable, semble me fuir au point de me rendre tout malheureux, jusqu'à ce que je la prenne à part pour l'entendre me reprocher amèrement mon silence à son ancien cri de détresse... Ce à quoi je ne sais que répondre, sinon que mon amour pour elle n'était pas en cause, tout au contraire!

— Ma conscience m'interdisait de te donner une préférence qui n'aurait pas pu être le mariage en tout état de cause et puis, te donner à Cyrille, c'était trop fort pour moi. Du reste si c'était là ton bonheur, ma bénédiction était superflue et pour moi par trop cruelle... Mais déjà je ne me considérais plus dans la course, tu dois le comprendre...

— Ah! non, vraiment? Alors c'est d'autant plus dommage, dit-elle incrédule à ce mensonge, les larmes aux yeux.

— Et pourquoi, dis-moi? Pourquoi? Je veux savoir la vérité de ton cœur.

— Parce que... parce que je m'enlevais la vie... ou bien... j'épousais Cyrille. Après ton silence, entre toi et moi, c'était fini, mort et enterré, tandis que Cyrille, lui, ne cessait de me poursuivre de ses avances. Alors je lui ai rouvert ma porte et j'ai accepté la main qu'il me tendait.

A présent, elle parlait posément, poliment, mais en serrant les dents et ne me quittant pas des yeux.

— Tu as fait cela, toi, Thaïs?

— Oui, dit-elle en crânant, oui j'ai fait cela, moi, Thaïs Authier. Et je suis devenue, par ta faute, Mme Cyrille Authier-Courchesne. Tout de même je veux croire que tu es heureux de me savoir en vie plutôt que morte, ajouta-t-elle ironiquement.

— Par ma faute? protestai-je à mon tour, effaré, incrédule devant ce mariage intolérable. Pour te venger alors?

— Oui, pour me venger, répéta-t-elle avec une amertume infinie. Mais console-toi. Je crois que je n'aurais jamais pu être à toi du vivant de notre chère Marceline, comme je l'appelais. Tu te souviens? Ainsi je t'ai sacrifié, mais au fond — je me connais — le devoir, un devoir plus impérieux, m'aurait toujours retenue, il me semble, même maman disparue, de m'abandonner à toi. Mais si je rougirais encore, peut-être, devant les cendres de ma mère pour cette entorse faite à sa confiance si exquisément maternelle, c'est que le regard de nos parents et le poids de notre éducation pèsent plus lourd sur nous que celui de la morale du catéchisme; en tout cas, je crois bien que je n'en aurais rougi ni n'en rougirais devant personne d'autre que maman car notre amour, Jonathan, avait ce caractère d'authenticité adamantine qui aurait suffi à le légitimer... au regard... oui, au regard de Dieu en personne.

— Et c'est ainsi que ma pusillanimité, ma veulerie, n'ont pas su en préserver le caractère unique, murmurai-je accablé, préserver sa pureté essentielle et peut-être inutile, mais digne de nous deux, digne de notre aventure humaine, de la tienne surtout, car pour ma part...

Car pour ma part n'avais-je pas déjà trahi? Et je songeais en silence à ce déjeuner à l'ambassade où je n'avais eu d'yeux que pour la comédienne... Oui, même en présence de l'objet du plus authentique amour, je me remémorais la scène et me trouvais transporté en pleine fête en l'honneur de cette femme mûre à la voix grave dont tout me séparait, hors un souvenir de vacances à demi effacé par les hivers, et qui ne manquait pas de me fasciner. Au point de me donner bonne conscience en faisant, à ses yeux et aux miens, des époux exemplaires des deux «enfants» Thaïs et Cyrille. Et qu'elle fut comédienne la revêtait à mes yeux du prestige de la littérature, prestige imaginaire qui suffisait à faire passer tout ce qu'il pouvait entrer d'artificiel dans ses propos et son comportement. Car même son plus charmant naturel n'était qu'un jeu. Et comment l'actrice en elle y aurait-elle échappé? Sa façon d'être elle-même était d'être une autre. A table, elle parlait volontiers de soi comme d'une tierce personne, répondant des lèvres aux questions qui lui étaient faites et promenant son regard étrange sur chaque convive un à un, comme si elle avait à son tour cherché à arracher à chacun son masque, même celui du critique attitré du *Soir* qui ne parlait guère mais toujours à bon escient, me semblait-il, même celui du charmant et spontané M. de Groot, auteur dramatique à qui on aurait donné le bon Dieu sans confession. Et lorsqu'un silence tombait, Nadia, bizarrement, partait soudain d'un grand éclat de rire qu'on eût dit tout à fait gratuit, ou dont la cause nous échappait. Et cet éclat de rire contagieux gagnait peu à peu toute la compagnie.

Finalement ç'avait été très gai.

Au moment du café, les yeux de la vedette et les miens s'étaient comme par hasard rencontrés pour ne pas se quitter d'un long instant, et un lien s'était créé auquel ni l'un ni l'autre ne voulait ou ne pouvait renoncer. Certes, cela n'avait encore rien à voir avec le lien affectif profond qui m'attachait à Thaïs, ma sœur, et c'est pourquoi je n'y avais vu sur le moment aucune contradiction, aucune trahison. Nadia ne parlait qu'à mes sens, mais tout mon être en demeurait frémissant. Quant au corpulent mari, il avait visiblement reçu des consignes: se taire, car, hormis sa saillie saugrenue sur les mœurs légères de sa femme, il n'avait articulé pour ainsi dire aucune parole durant les deux bonnes heures du déjeuner, tandis que Claude Buies, de son côté, avec son air de gigolo branché sur tout ce dont on parlait, y allait, la bouche pleine, de remarques rares et précieuses comme de l'or — à moins qu'elles ne fussent spécieuses comme de la pyrite de cuivre...

Aussi bien, que d'artifice dans tout cela: un déjeuner d'ambassade où je fais office de maître d'hôtel, un déjeuner réunissant autour d'une célébrité du moment quelques rescapés de la faune artistique. Tandis qu'ici, à Montréal, dans l'anonymat d'une grande ville peu riche en demi-savants, je n'ai affaire qu'aux douleurs d'un peuple inculte, douleurs sans conséquence ni retentissement, mais combien authentiques, douleurs mystérieuses d'un peuple en voie d'exister, douleurs et joies de petites gens que je représente à l'étranger sans pouvoir m'enorgueillir d'en faire partie, moi l'apatride. Le mariage de Marceline, de Marceline Desbordes-Valmore ainsi que je le lui rappelle à l'instant où les invités, imbibés de *vrai* champagne, forment un cordon pour, tour à tour, souhaiter par un baiser des années de bonheur sans ombre aux «heureux époux», ne m'épargne pas mon tour, je tremble de tout mon corps:

— Chère Marceline, chère poète, je voudrais tant vous dire...

Ma voix s'étrangle en un sanglot mal contenu et je dois continuer la ronde après avoir tout de même déposé les deux baisers rituels sur les joues de tante Marceline... Thaïs n'a rien vu de mon émotion, tout exultante qu'elle est pour ce qui arrive à sa mère déjà âgée, ce qui doit en effet avoir quelque chose d'étrange pour une fille elle-même lentement grandie.

Un peu plus tard, la prenant à part:

— Vous ne sauriez savoir, Thaïs, combien cette heureuse circonstance me réjouit de voir votre mère si...

— Allons, Jonathan, ce vouvoiement n'est plus de saison depuis longtemps entre nous, c'est toi-même qui en avais décidé, et je t'avais obéi dans ma lettre ultime et désespérée, sans savoir peut-être qu'entre nous même le silence était préférable à l'amour. Bourgeois, va!

— Que voulez-vous dire? Que veux-tu dire?

— Le jour où tu n'as pas répondu à mon appel, j'ai compris que tout n'avait été qu'un beau rêve. Crois-moi, j'en reste au désespoir plus que tu n'as jamais pu l'être. Car je sais qu'on ne reste pas seul longtemps à fréquenter le monde de la diplomatie et de la culture, en un mot du spectacle.

— Si tu savais la médiocrité de ces milieux, toutes ces personnalités qui vous flagornent par intérêt, par vanité, tu comprendrais mieux pourquoi, au contraire, on reste d'autant plus seul. Oh! bien sûr, il y a de temps en temps un esprit, une âme originale — et je pense par exemple à la comédienne Nadia Rossetti, que tu as connue jadis à Kennebunk où nous passions des vacances et que j'ai revue récemment — mais le reste...

Et ma main se suspendit en l'air dans un mouvement, non pas de dégoût, mais de lassitude plutôt. J'en avais tant vu depuis vingt ans pour ne pas douter que l'intérêt menait le monde, et que Nadia Rossetti elle-même, que je venais d'évoquer en esprit à travers le prisme flatteur de la remémoration grandiose d'un déjeuner à demi raté, devait trouver sa place dans cet entourage de personnages plus ou moins loufoques, ubuesques, tel ce Camille, tel ce Claude Buies, à qui je ne savais quel rôle prêter dans ce caravansérail. Et comme Thaïs s'éloignait devant une rêverie qui se prolongeait:

— Minute, ma Thaïs, la retins-je, tout n'est pas dit entre nous. Ecoute ceci qui est grave: nous sommes demi-frère et demi-sœur, n'est-ce pas? Ne saurions-nous être amants à demi?

Un sourire éclaira sa figure où il y avait des taches de rousseur autour du nez en trompette.

Mais peu à peu le sourire s'éteignit, Thaïs inclina la tête ou plutôt la laissa tomber par devant tandis que la coupe de champagne qu'elle tenait maladroitement se renversait sur le gazon du jardin de Marceline où se tenait la fête. Puis voyant s'approcher le marié, M. Decroix, un homme très grand et ne faisant pas trop «vieux beau» malgré sa prestance, tout à fait digne en somme de goûter les poésies de Marceline Desbordes-Valmore, Thaïs sembla chasser ce qui faisait sa détresse, et me regarda à nouveau en se contraignant au sourire mutin qui avait sur moi tant de pouvoir.

— Beau-papa, dit-elle, laissez-moi vous présenter celui que vous connaissez comme mon demi-frère mais qui est en réalité mon demi-amant. Les circonstances de nos vies respectives nous empêchent, hélas, de l'être à plein temps.

Le brave homme éclata de rire, comme à une douce plaisanterie.

*

Surprise! En rentrant chez moi à Bruxelles, je trouve une carte lettre à mon nom, signée Nadia Rossetti, me priant de venir la rejoindre dans sa loge après la dernière représentation du *Roi se meurt*. Nous pourrons échanger nos impressions sur le spectacle et surtout, j'imagine, sur sa prestation. «Je vous fais confiance comme à personne pour me rassurer», précise-t-elle.

Comme si la grande Nadia Rossetti avait besoin de moi pour la rassurer sur ses prestations! C'est une artiste qui fait ce qu'elle veut et n'a besoin de personne. «Sachant que vous aimez ce que je fais, poursuit-elle, il me semble que nous pouvez me dire mieux que quiconque si je vous ai comblé ou non.» Et Claude Buies, le talentueux élève de quarante ans? Et le sieur Rossetti? A quoi serviraient-ils dans le paysage sinon à la rassurer, à lui tresser des couronnes de laurier, à lui brûler des encens? Son jeu est d'une subtilité qui montre que l'œuvre ne lui cache aucun secret. Elle dévoile toutes les extrêmes profondeurs de son personnage: ses tempi alternent entre une vivacité mordante et une lenteur méditative où elle semble s'attarder sur les phrases qui parlent à son cœur... Comment croire qu'elle n'aurait qu'un métronome en lieu et place du cœur? Et pourtant ces artistes de théâtre sont rompus à la simulation.

Nadia, pardonne-moi, je suis injuste avec toi et c'est parce que je crains ta puissance sur mon cœur. Comment croire que tu puisses être l'artiste que je devine en toi si tu ne cherches pas à sonder, pour les déblayer, les gouffres de ton personnage, si tu ne creuses pas aussi les abîmes d'Ionesco, de Beckett, de Claudel, de Tchékov, car tu joues tout cela et la presse y fait écho avec admiration. Tes protagonistes sont peu de chose par comparaison. Oui, j'irai te rendre visite dans ta loge après le spectacle, que tu sois seule ou entourée, et je te dirai combien tu m'auras d'avance tour à tour ému et égayé, car j'étais déjà tout cela avant de t'avoir vue et entendue l'autre soir.

La pièce s'achève. Le rideau tombe. Ce ne sont que bravos, bis, claquements synchronisés des mains qui vont d'abord à Nadia Rossetti.

Je me précipite à l'arrière de la scène. Fébrile, je cherche Nadia en l'appelant à haute voix dans les coulisses déjà désertées. Et puis un appariteur m'indique une loge. Je dis en frappant doucement:

— Ce n'est que moi, Nadia, ouvrez je vous en prie.

Au bout d'un silence, la porte s'ouvre et Claude Buies est là qui me sait signe d'entrer.

— Ah! c'est vous, mon cher Jonathan, prononce sans se retourner Nadia qui se démaquille devant son miroir où elle m'aperçoit. Eh bien! c'est fait. A part deux intonations douteuses qui n'ont pu que passer inaperçues d'un grand public de béotiens, je pense que ç'a été. N'est-ce pas, Claude?

Et moi donc, je n'ai rien à dire?

— Vous vous êtes surpassée, Nadia, prononce Claude Buies pâmé. De la coulisse, ou plutôt d'un trou dans le décor, j'observais le critique du *Soir* placé tout en avant car il est sourd, vous l'avez remarqué. Eh bien, il applaudissait, figurez-vous, et en cadence avec tout le monde, lui qui, critique, se garde bien de jamais manifester publiquement ses sentiments. Allons couronner la fête à l'hôtel, une bouteille de Veuve Clicquot nous y attend, tellement j'étais sûr de votre succès. Oui, allons déboucher la Veuve! Vous serez bien des nôtres, M. Authier?

— Si Madame Rossetti veut bien de moi.

— C'est à vous d'en décider, Jonathan, dit Nadia. Vous permettez que je vous appelle par votre prénom, nous sommes de vieilles connaissances et nous sommes du même âge à ce que je crois. Au point que l'envie me vient de vous tutoyer, si ce n'était de Claude qui prétend me surveiller jalousement, mais jamais assez pour moi, par malheur! Et Rossetti, où est-il celui-là; ce gros personnage inculte né cocu et qui mourra cocu!

— Il m'a prié de l'excuser auprès de vous, dit Claude en se marrant doucement.

— Bien sûr, comme toujours. Ah! si je ne vous avais pas, cher Claude, je serais depuis longtemps au dépotoir des artistes de la scène. Vous seul me soutenez depuis vingt ans, alors que vous n'aviez justement que vingt ans et que vous éblouissiez mes trente ans de votre jeunesse et de votre beauté. Et jusqu'à ma ménopause vous ne m'avez jamais déçue, malgré toutes vos infidélités. Car comment ne pas vous les pardonner, dès lors que la *comédie*, celle de l'amour essentiellement, fait le fond de la vie et que je savais bien que d'autres attraits vous sollicitaient davantage?

— Oh! qu'allez vous chercher là, Nadia?

— La vérité, seulement la vérité. Et n'était de l'argent de Camille...

Et puis sans transition:

— Il me semble que je suis moins agitée que d'habitude. Voyez mes mains, Claude, elles tremblent moins que de coutume. Ce doit être votre présence, Jonathan.

Elle écartait grand les doigts devant elle et considérait avec une espèce de fascination ses longues mains d'échassier, les rapprochant brusquement puis les éloignant insensiblement de son visage.

— Non, elles n'ont pas cessé de trembler, conclut-elle.

— Mais c'est normal, Nadia, dis-je. On ne supporte pas un tel effort deux heures et demie durant, sans que le corps n'en soit tout secoué, tout ébranlé. Le rôle de la Reine Marguerite est écrasant.

Nous nous rendîmes à l'hôtel.

— Inutile de vérifier la chambre de Rossetti. Ou bien il n'est pas rentré, ou bien il a ramassé une petite garce en chemin, que dis-je, une duchesse avec les moyens qu'il a ! Eternelle revanche de l'éternel cocu!

— Mais il est si fier d'être le mari de Nadia Rossetti, dit Claude, vous ne savez pas combien, Nadia.

— Qu'est-ce qu'il connaît à l'art, ce paysan du Danube, ignorant tout hors les cours de la Bourse.

— Justement, c'est un grand avantage de nos jours, fit Claude avec un sourire mordant.

— N'empêche qu'il ne s'est pas montré ce soir pour la grande dernière. Ne dites pas qu'il est fier de m'avoir pour femme, Claude. Il n'est même pas jaloux de tout ce temps que je dois consacrer au théâtre, à ma carrière de monstre *sacré*. Comment trouverais-je le loisir de penser à lui? Du reste je ne l'ai épousé que pour son argent, et il le sait, et il en abuse. Voyez son indifférence envers vous, Claude. J'ose même dire qu'il tire parti de notre complicité à tous les deux. Ça le déculpabiliserait, s'il avait besoin de ça!

— Vous savez pourtant qu'il y a maintenant si peu entre nous, Nadia. Et que vous n'avez même pas à en prendre ombrage.

— Oui, j'ai toujours su que tes goûts profonds étaient, mettons, singuliers, n'est-ce pas? Ce n'est pas une raison pour me laisser tomber comme une vieille savate, ce que tu ne fais pas d'ailleurs, mais ce que Rossetti fait, lui, sans le moindre égard! Ah! que vous me rendez malheureuse, vous les hommes, vous tous, tant que vous êtes! (Elle émit un soupir pathétique.) Ah! Jonathan, conclut-elle avec emphase, en se jetant dans mes bras, vous qui écrivez des romans, dites bien l'infortune de la condition d'artiste.

Je ne savais que dire, que faire. Elle me faisait pitié même si je sentais toute la part de comédie dans ce numéro qu'elle devait mettre au point depuis des années. Tout de même, j'aurais voulu la consoler, lui dire les mots qui se pressaient sur mes lèvres, mais comment ne pas les retenir devant ce Claude, ce gigolo brillant et futile qui lui en imposait, quoi qu'elle en eût, ce «protégé» qu'elle aimait, j'en étais sûr, comme elle ne m'aimerait jamais, moi, dût-elle m'admettre dans ses draps.

— Allons, faisons sauter le bouchon, dit Claude. C'est l'heure de la vérité, chère menteuse.

— Oh! toi, je t'aime et te pardonne tout, parce que tu me comprends comme Camille ne saura jamais le faire et c'est pourquoi je ris de te voir vivre à ses crochets! Comme je ris de ne l'avoir épousé que pour sa fortune, après tout, quand ma carrière n'était encore qu'un rêve et que je crevais de misère à Montréal, quémandant des petits rôles de figuration dans les téléromans, rencontrant en vain les auteurs, les réalisateurs, frappant à toutes les portes, oui j'ai fait tout ça avant de devenir l'illustrissime Nadia Rossetti. Mais j'étais jeune et cela reste le meilleur temps, je cherchais ma voie obscure parmi le panorama d'un ciel découpé par le Zodiaque et quand j'ai su que tu étais Sagittaire je n'ai pas douté que nous étions fait l'un pour l'autre. Alors *nous* avons épousé Rossetti, car je t'ai connu avant lui, et c'est en toute connaissance de cause... Mais me voilà déjà un peu éméchée, je ne sais plus très bien ce que je dis. Ce que je sais, c'est que j'ai fait ma marque et que je n'ai plus besoin de lui ni de son argent. Alors si tu voulais, mon doux chéri...

Claude Buies fit tinter sa coupe déjà vide d'une chiquenaude de l'index. Il souriait, ricanait presque. Alors je compris que lui aussi n'avait pour Nadia que des sentiments très usés, et que les jeunes gens bien tournés étaient «sa tasse de thé» bien plus que les actrices sur le retour. Mais sans doute il trouvait trop d'avantages à ce ménage à trois pour y renoncer en faveur d'un ménage à deux qui aurait enchaîné totalement sa liberté. C'est du moins la pensée qui me vint, car tout n'était encore que mystère dans ce trio qui depuis si longtemps menait une existence de saltimbanques internationaux.

Au demeurant, tout cela n'eût été que vulgaire n'était le génie — le mot n'était pas trop fort — de Nadia, artiste jusqu'au bout des ongles, avec ce que cela commande d'artifice et de sensibilité, et répugne par-dessus tout à la médiocrité. Comme Camille avait les chèques et les cartes de crédit, Claude avait la beauté: jeune, grand, svelte, les cheveux noirs toujours taillés avec soin, la joue un peu creuse et rasée de frais, la mâchoire virile, il pouvait donner à Nadia ce que celle-ci avait appris à attendre des hommes: le sexe, et Claude n'était pas homme à se faire prier même si la qualité de sa passion, et donc de sa performance, pouvait laisser à désirer. De mon fauteuil d'orchestre, je l'avais observé assis dans la salle au dernier acte où le peu génial «élève» de Nadia Rossetti ne figurait pas: les yeux clos, le bout des doigts se rejoignant exactement pour former un dôme incliné, voire un iglou, dans l'attitude du recueillement le plus pur, il dormait, oui dormait sur ses deux oreilles réveillées à peine par les applaudissements et les ovations qui émaillaient un spectacle qu'il avait déjà, faut-il dire, visionné en figurant de service dans la salle ou sur la scène des centaines de fois peut-être.

Et soudain je m'avisai que j'enviais cruellement sa place dans le cœur de Nadia, place qui semblait lui peser comme un fardeau et que je saurais beaucoup mieux que lui combler de toutes les façons. Certes j'étais son aîné de quelque dix années, mais physiquement et moralement je me sentais plus «frais» que lui, n'ayant pas été livré dès ma jeunesse à l'abus des voluptés déliquescentes et conservant quelque chose, quelque pureté, quelque idéal, du poète de mes vingt ans. A croire que je ne vieillirais jamais totalement. Et le poète est *désir*, ce que j'étais de toutes mes forces, au point de douter que j'étreindrais jamais quelques-unes de mes aspirations les plus sublimes. Et dire que je m'étais jadis donné la grandeur d'âme de sacrifier Thaïs à cette image qu'elle se faisait de moi peut-être: le jeune homme qui sait attendre et peut-être ne demande pas mieux que de conserver son amour inusable dans un médaillon précieux au bout d'une chaînette à porter autour du cou comme un fil d'or qui n'étrangle point mais étouffe délicatement, blesse lentement en se resserrant à mesure que passent les années, et nourrit la création. Car je restais cela, un poète qui se cherche parmi les musiques, les sons étranges, inintelligibles qui venaient frapper mon tympan, parmi les livres paternels que, dès ma jeunesse, j'avais écoutés pêle-mêle en cachette, n'en comprenant pas la moitié, mais hypnotisé littéralement par tout ce que mon esprit pigeait dans ce fatras. Combien de fois n'avais-je pas fait semblant d'être malade pour éviter l'école et rester à lire toute la journée dans mon lit. Je me souviens surtout de *Cyrano* et de *L'Aiglon* que mes parents possédaient dans une édition reliée «plein cuir» comprenant les œuvres complètes d'Edmond Rostand. Un dimanche matin, je me rappelle, malade comme d'habitude, j'avais composé tout un acte d'un drame historique sur le thème du masque de fer qui tenait autant du sieur de Bergerac que du duc de Reichtadt exilé à Schœnbrunn... Après quoi j'avais demandé pour ma récompense qu'on m'offre le disque qu'Alfred Cortot avait gravé de la troisième étude de Chopin, dite «Tristesse» ou mélodie de «l'Adieu»... Aucune musique n'a joué un plus grand rôle dans ma vie, car c'est par cette pièce, facile mais irréfutable, que j'ai été introduit à jamais dans l'univers des sons. Ma foi, je n'avais pas douze ans.

Dans les mois qui suivirent les représentations du *Roi se meurt*, lesquelles furent reprises beaucoup plus généreusement à Paris janvier venu, je me rapprochai de Nadia sans qu'elle s'en aperçût, et sans m'en apercevoir moi-même. Le trio était en passe de devenir un quatuor, bien que mes obligations professionnelles me retinssent par trop à Bruxelles, puis à Berne, nouvelle capitale de l'Europe, où je fus délégué l'année suivante. Mais je ne rêvais que de Paris où les Rossetti avaient un appartement, ou plutôt un grand studio, car ils voyageaient beaucoup entre l'Europe et les Amériques. Là-bas, c'est à Los Angeles qu'ils avaient élu domicile. Camille Rossetti y avait ses affaires (louches, assurément...), Claude Buies y avait ses maîtresses, ou plutôt ses «mignons», et Nadia, comme partout, ne faisait que transiter pour tourner un film en américain (ailleurs c'était en franglais) ou pour enregistrer ses disques, car sa maison de disques y avait deux de ses studios d'enregistrement où elle chantait des romances style *cool* en s'accompagnant elle-même au piano. Nadia se plaisait au rite de la gravure de CD et plus encore au tournage de ses films, se persuadant, mieux que moi avec mes pauvres romans, qu'il resterait tout de même quelque chose d'elle quand elle aurait fait son dernier tour de piste devant les foules éphémères qui se pressaient à ses spectacles. C'est du moins ce qu'elle disait en badinant, mais je sentais la gravité du propos. De même l'écriture romanesque m'aidait, moi, à défier la solitude des longues semaines où je ne pouvais faire que téléphoner à Nadia, lui avouant enfin ma flamme, sans préjudice de celle dont j'avais brûlé et brûlais toujours pour Thaïs Authier, mon âme doublement sœur. Et c'est étrange, je ne voyais pas de contradiction entre ces deux passions, si je les accordais mal. Mais absurdité ou non, j'aimais Nadia, malgré son âge, malgré les difficultés de son caractère, malgré tout son côté théâtral dont on eût dit qu'elle l'exagérait à dessein, malgré enfin sa passion au reste bien mal récompensée pour Claude Buies. Et même ce pourceau de Rossetti ne parvenait pas à la souiller, elle, la divine, la perle sans prix, la déesse aux mille bizarreries, aux sautes d'humeur plus ou moins calculées et d'autant plus dévastatrices.

— Elle gagne autant que moi, ironisait Camille en sa présence. Alors je me demande un peu ce qu'elle attend encore de mon porte-feuille après tant d'années que je l'ai ramassée dans la boue!

— Je te demande si peu, fripouille, que je n'ai pas à te rendre grâce de me pardonner Claude, ce caprice d'un sentiment maternel refoulé, moi qui n'ai surtout pas voulu d'enfant. Cependant je souhaiterais que ta magnanimité m'accorde qu'il partagera nos vacances, bien qu'à tes seuls frais cette fois, car le pauvre petit me coûte cher, tu sais, et ces vacances de l'été qui vient aux Antilles françaises lui serait d'un tel profit! Tu veux bien, n'est-ce pas, chéri bibi?

Et soudain voilà qu'elle minaudait comme elle savait si bien le faire quand elle désirait obtenir quelque chose:

— Voilà tout ce que j'attends de toi, mon cœur, je ne te demande de renoncer à rien ni à personne, seulement de le prendre à charge officiellement, je veux dire de faire bénéficier des mêmes largesses que tu as pour tes maîtresses notre cher Claude, mon petit toutou, comme tu aimes à dire. Et tu as raison car c'est ainsi que je l'adore et qu'il m'adore en retour à sa manière qui n'est pas la mienne, qui n'est pas la tienne, qui n'est pas celle de Jonathan.

— Du moment que Claude ne vient pas chasser dans mes plates-bandes, ce qui, j'en conviens, risque peu de se produire, je consens à tout, surtout à ton bonheur, ma chérie, si mal que j'en pénètre les arcanes z'artistiques! dit-il railleur. Mais au fait je me demande un peu qui comprendra jamais les autres et surtout les appétits qui les définissent, hein?

— C'est à peine si nous savons qui nous sommes, nous autres surtout, comédiens. Nous changeons de peau tous les trois mois: un temps pour Lucrèce Borgia, la mère qui est un monstre, un temps pour Ysé, un temps pour Hermione... Mais toujours la passion est là qui nous guide et nous consume.

Le gros Camille s'était levé. Après une si longue cohabitation avec Nadia Rossetti, il ne souffrait pas qu'on lui parle de théâtre. Il ne prenait même pas la peine de s'excuser, il en profitait pour s'en aller chasser la vierge, chose d'une rareté devenue inabordable par ces années 2000. Parfois il daignait assister aux premières de Nadia mais ne glosait jamais dessus après coup.

Vingt-cinq ans avaient passé entre Camille et Nadia, ces deux êtres étrangers l'un à l'autre. Une brève éternité cimentée, qui sait, par Claude Buies et, pourquoi pas, désormais, par Jonathan Authier?

Troisième partie

D'hier à aujourd'hui

Et puis les ans se sont précipités, repoussant sans cesse les vacances projetées... Enfin l'heure est venue de l'été martiniquais. Avant de nous retrouver comme convenu à la Batelière, un hôtel cinq étoiles en bord de mer juste au nord de Fort-de-France, j'ai eu la visite, à mon nouvel appartement de Kébek, à l'insu du bouillant mais toujours accommodant Camille, la visite dis-je de Nadia dont je ne sais que *penser* si ce n'est qu'elle me fascine et me trouble au tréfonds des tripes, si j'ose dire. Son existence est même la seule réalité capable de me consoler de la perte de Thaïs jamais revue depuis le mariage de tante Marceline. Aux vœux annuels de cette dernière, j'ai répondu fidèlement non sans ajouter chaque fois un mot tendre pour sa bien-aimée fille et mes salutations pour Cyrille. A la vérité cette union entre les deux anciens «jeunes gens», j'y crois moins que jamais: Cyrille Courchesne, le prétendu mari, n'était-il pas bizarrement absent de la fête de cet automne-là à Montréal où Thaïs m'avait d'abord jeté à la figure son prétendu mariage avec son confrère médecin comme un défi? Et moi lâchement, j'avais feint d'y croire à cette «trahison» — oh combien justifiée! et si commode à présent pour me laisser toute latitude de recevoir chez moi la chère Nadia Rossetti!

La voici qui s'installe dans mon petit salon, allonge les jambes, pose les talons aiguilles sur le beau pouf en cuir vert et noir qu'elle déchire sans s'excuser, allume une cigarette, met tout en désordre, sans même s'en apercevoir, bref occupe tant d'espace sous prétexte de familiarité amoureuse que je me sens à l'étroit dans mon propre cœur, c'est-à-dire dans mon intimité de quinquagénaire — est-ce que je rêve? Vingt-quatre années d'éternité ont-elles passé, moi qui me sens, qui me vois, qui suis si jeune encore de l'intérieur? Est-ce la peine de m'être cru affranchi des cruelles illusions de la jeunesse, sous prétexte d'avoir longtemps connu ce frustrant mirage d'aimer sans réponse possible? Pour Nadia, quoi qu'il en puisse être de ses amours avec cette sangsue de Claude Buies, elle se doit toute à son art, et, accessoirement, au bien-être de son mari, ce rustaud de Camille qui a subi au printemps une attaque cardiaque. Plus mûre que Thaïs naguère, Nadia n'a pas davantage qu'elle deviné d'emblée où me jette la tempête qu'elle déchaîne sur mes *sens* comme le souffle de l'autre dévorait mon *âme*. Or cette fois il y a fort à craindre que nulle parade, nul rêve, nul voyage, si ce n'est ces deux semaines de vacances en Martinique, nul séjour prolongé à l'étranger, nul roman — ne viendront atténuer mon épreuve, ou ma faute, car il est trop tard. Rentré au Kébek à l'heure où rien ne reste plus de ce Canada définitivement écroulé comme un vieux mur décrépit que l'on a trop souvent et trop long-temps replâtré, revêtu de nouvelles couches de

peinture de plus en plus factices, tout ce rêve d'indépendance nationale qui a exalté notre jeunesse en
prenant réalité s'est anéanti, m'a politiquement
désœuvré et même l'espérance du poste de Paris,
l'année prochaine, ne suffit plus à m'enflammer. Pas
plus que la littérature qui fait irruption périodique-
ment dans ma vie comme une fuite en avant — le
présent et interminable texte en est littérairement le
triste, l'amer témoignage car je le vois bien: *Le mal
d'aimer* sera celui d'aimer pour rien et ne s'achèvera
pour moi qu'avec la mort, cette délivrance des
amours illusoires en faveur de l'éternelle et seule
Réalité. D'où mon dégoût pour toute «fiction»
consolatrice et mon repliement de mal-aimé sur les
écrits intimes, les miens ou ceux des autres, les
journaux, les mémoires, les correspondances, bref le
document brut, vivant, subjectif, cruel, menteur s'il
le faut, mais qui semble devoir envahir tout ce que
j'écris comme s'il ne m'était plus donné de savoir
inventer le bonheur, ce que je n'ai d'ailleurs jamais
su faire que parcimonieusement tout au long de ces
années où je n'ai cessé de tromper mon monde, tant
je demeure celui que je fus à quinze, à trente ans: un
obstiné marchand de chimères peintes aux couleurs de
la pauvre vérité, autant dire rien.

Comment Nadia Rossetti s'est éprise de cet autre
spécimen de rien qu'est le dénommé Claude Buies,
bellâtre insipide au sexe ambigu? Pas plus que les
hommes, les femmes ne se lassent-elles donc de *se*
berner à la comédie de l'amour et du hasard? Proche
en cela de Thaïs encore qui, à l'en croire, s'éprit de
moi mais repoussa la tentation de l'inceste à laquelle
j'aurais succombé peut-être, pour jeter le manteau de

Noé sur l'indicible, la scabreuse passion, histoire de ne pas choquer la pieuse Marceline dont elle redoutait l'anathème. Comme si tout amour ne l'était pas, incestueux, scabreux! Heureusement pour elle, Thaïs est morte à présent, j'en suis sûr. Car pour la première fois depuis cinq ans, pourquoi tante Marceline se serait-elle tue cet hiver sur tout ce qui concerne sa fille? Plus de «vœux affectueux» même relayés par la mère au moment de Noël! Il n'y aura jamais plus de nouvelles. Eh bien! oui, après le remariage maternel et notre ultime entrevue, condamnée pour de bon à épouser Cyrille, elle n'a pu que se laisser mourir, elle est morte, morte d'une erreur, comme dans les romans bien faits. Dire qu'il fallait cette mort pour me libérer des horribles chaînes qui paralysent toute autre «initiative», toute autre velléité de succès amoureux ou même simplement humain, fût-il mérité, à la seule exception de l'accomplissement artistique à qui ces mêmes chaînes donnent des ailes, semble-t-il. Sans cet amour insensé impossible chevillé à l'âme, amour réprouvé, refoulé, renaissant, comment me serais-je jamais attaché à tant de souffrances, ces souffrances inutiles dont se repaît le roman, matériau poétique de la plus haute nécessité comme de la plus absolue précarité? Car un bonheur imprévisible est toujours là qui menace l'infortuné auteur!

Ce sentiment de revivre avec Nadia ce que j'ai déjà vécu *autrement* dans une vie antérieure est effrayant, puisque, Nadia demeurant réticente à mes charmes douteux, j'en étais au point d'aimer la même créature hors d'atteinte qui me possède depuis des années. Or la mort de Thaïs à mon insu remonte plus loin que je n'avais cru, et cette mort révélée emporte son secret avec elle au fond du trou de lumière où non pas son chagrin, ni Cyrille, mais un affreux cancer du rectum l'a précipitée il y a de cela quatre ans, au lendemain du mariage de Marceline et sans que celle-ci m'en ait fait part à l'époque certainement «pour ménager ma sensibilité» comme on dit. Car je viens de l'apprendre par un pli émanant de la direction de Sainte-Justine à qui j'avais fait part, par écrit, de mes inquiétudes. Et voilà que je tombe vertigineusement à l'instar du lapin d'Alice dans la tentative d'étreindre ou plutôt de me raccrocher à quelque pousse sauvage qui pourrait être Nadia Rossetti si seulement cette ingrate à laquelle je sacrifierais jusqu'au souvenir de Thaïs daignait me tendre la branche d'une main consentante. Et je tombe et je tombe et voilà que la nuit se fait peu à peu sur ma vie que je n'ai pas vu passer, trop harcelé que j'étais par des élans absurdes.

Gouffre sans fond que ce terrier géant où la nuit tombée de là-haut se confond à présent avec une lueur qui n'est même pas celle d'une aspiration à quelque éternité bienfaisante parce que suprêmement lumineuse, mais qui n'est encore aujourd'hui que Nadia elle-même, comédienne comme j'avais tenté ou comme j'aurais rêvé d'être romancier — ou peut-être comédienne dont j'aurais aimé être le romancier — au temps où cela revêtait encore pour moi quelque importance...

À quoi bon ressasser tout ça? Mieux vaut partir. C'est fait.

Mais je ne l'admettrai pas cette fois: Nadia, tu ne me feras pas reculer quels que soient tes procédés cavaliers avec moi. *J'aurai ta peau et ton âme*, pour parler en dialoguiste de film, ou bien c'est toi qui auras les miennes. Tu feins pour moi quelque intérêt depuis les deux jours que nous sommes à ce modeste hôtel marin de La Dunette à Sainte-Anne de la Martinique où tu as bien voulu m'accompagner plutôt qu'à la Batelière, trop snob, mais sans m'accorder si peu que ce soit, un baiser, un mot tendre, même empoisonné. Et à présent que je te vois les seins nus sur la plage voisine, tu te crois quitte envers moi, tu m'accordes ce que tu accordes à tout le monde ou ce qu'une autre m'aurait déjà accordé vingt fois sans amour, sous prétexte de ne pas mêler le sexe et le sentiment, dont le mélange, si seulement il existe, serait par trop détonnant sans doute. Non? Je rêve? Il se pourrait donc que je sois encore une fois la victime de mon étrange manie d'aimer en profondeur des gens qui n'ont pour moi qu'une vague compassion — et encore l'ont-ils seulement? On en douterait.

*

Il faut pourtant que je finisse cette double histoire que j'ai vécue au jour le jour et dont il me reste à savoir comment elle s'achève, si Nadia se sera enfin donnée à moi, corps et biens comme on fait naufrage.

Tu n'as rien compris, Nadia Rossetti, murmuré-je en m'endormant sur la terrasse de La Dunette, à l'ombre d'un ciel comme il n'en existe pas, un ciel piqué d'astres coruscants comme on n'en voit frémir que les yeux clos par-delà l'écran que les Tropiques nous tendent. Et j'ai comme un soupçon que ton mari a déjà deviné. lui, que tu joues de ton génie de comédienne virtuose des passions pour m'entraîner du côté de l'humeur du vent, au gré des rafales du désespoir d'avoir à jamais perdu ma Thaïs au fil d'un flot amer en plein Atlantique. Car je ne vois que la force de l'océan pour ne serait-ce que suggérer la violence écumeuse de lames qui me soulèvent et m'emportent jusqu'au-delà de moi-même, des lames qui deviennent vite, je le crains, des larmes.

Et je n'ai plus l'excuse de la jeunesse déboussolée, ni celle des transports passionnés de la trentaine, ni même celle de la constance concentrée de la quarantaine. J'en suis désormais à la patience résignée de la cinquantaine, cette solitude du cœur et du corps à quoi nous condamnent nos désirs et qui fait qu'on cherche et qu'on trouve refuge dans la seule amitié, celle surtout des choses invisibles qui ne passent pas. Hélas! Comme j'en suis encore loin, encadré que je suis par mon trio de saltimbanques auquel je me suis agrégé presque malgré moi!

Ainsi il y a à l'hôtel de La Dunette depuis hier outre le signataire de ces lignes désenchantées, outre Nadia encore et toujours rebelle aux élans mêmes qu'elle provoque, il y a, dis-je, sur la petite terrasse supérieure où nous quêtons un peu de fraîcheur, les yeux ouverts sur l'infinie palpitation du ciel constellé des Tropiques, ciel insondable dont j'ai dit plus haut la vibrance, outre Nadia, le dénommé Camille Rossetti et, plus loin, le «cousin» Claude Buies, tous les trois peu accoutumés à loger dans des hôtels *deux étoiles* (n'est-ce pas bien peu en effet pour un firmament pareil?) même au charme indubitable, celui que Nadia avait aimé en passant à Sainte-Anne, dans notre tour de l'île avec Claude et moi la veille. Mais qu'est-ce que La Dunette pour le signor Rossetti?

— C'est à La Batelière que j'ai réservé, hurle Camille dans la nuit, le bouillant Camille qui cherche en vain le sommeil. Je me fous de l'horizon, je me fous du rocher du Diamant, je me fous de la Table du Diable, je me fous de la plage des Salines, je veux du luxe!

Et c'est ainsi que le lendemain nous traversons l'île en taxi et gagnons La Batelière avec armes et bagages.

Selon ce qu'il m'a raconté, avec ce verre de trop dans le nez qui lui est si naturel, Camille Rossetti a roulé sa bosse sur cinquante lits à l'insu de sa femme croit-il, le nigaud. Mais les femmes comme Nadia ont cet art de fermer les yeux sur ce qu'il leur convient de mépriser. Aussi bien, comment ne profiterait-elle pas de cette liberté que lui laissent les frasques de son conjoint légal?

Oui, c'est cela, j'ai touché juste: Nadia aime bien qu'on la trompe, excepté Claude, l'indifférent, le profiteur, afin de se sentir libre elle-même de séduire qui pourrait lui plaire un instant c'est-à-dire de faire l'amour avec celui-là même qu'elle ensorcelle, moi par exemple après quelques chinoiseries dilatoires. Du moins je m'en persuade.

— Jonathan, vous qui êtes un amour, un ange, nous n'iriez pas me chercher mon châle? Il est plié en huit sur le plus petit des deux fauteuils de la chambre. Tiens, mon gros chéri, donne la clé à Jonathan, cela t'évitera une fatigue, un aller-retour auquel tu ne tiens guère et je sais que cela fera plaisir à notre ami, n'est-ce pas Jonathan?

Elle dit cela en m'enveloppant d'un regard dont la cruauté se mesure à la sympathie par trop bienveillante et amicale qu'elle y met. C'est bien autre chose que j'attends d'elle.

— Comment! de rétorquer Camille en ouvrant l'œil et simulant la fâcherie, je m'effacerais non pas seulement devant Claude, l'éternel élève de tes passions, mais devant cet allié commun que nous avions en la personne de Jonathan Authier? Ah! non, par exemple!

Et il fait la grimace tout en quittant prestement, tel le bedonnant jeune homme de cinquante-neuf ans qu'il est, sa chaise longue parmi toutes les autres qui encerclent la piscine en plein air (au bord de l'océan!) tandis qu'en contrebas on entend la mer, le cri des oiseaux blancs, celui des enfants aussi qui jouent ou font des gâteaux de sable. Camille a disparu, en quête du châle. Où est Claude ce matin?

Restés seuls, Nadia et moi ne trouvons qu'à nous sourire, elle avec un «naturel» des plus cordialement faux, moi pour masquer une déception puérile: j'aurais tant aimé aller quérir le châle, le tenir entre mes mains, en caresser le velouté.

J'ai cessé de sourire et Camille ne revient toujours pas.

— La brise se lève. Je vais voir, rien qu'un instant. Attendez, Nadia, ne partez pas.

Et je rentre dans le hall où j'aperçois, face au grand salon, dans le coin téléphone, Camille aux anges en train de faire la causette avec qui? Avec laquelle? Peu importe, il s'amuse, car la vie n'est que cela pour lui: une partie de plaisir comme elle n'a jamais été pour moi qu'un calice de fiel pour ne pas dire... de merde.

Eh bien, le voici le roman que je m'arrache de l'âme comme un viscère sentimental gangrené que je pourrai livrer en pâture au genre humain pour me consoler d'avoir aimé pour rien jusqu'au bout, au genre humain c'est-à-dire à quelques dizaines lecteurs et surtout de lectrices auxquels il n'arrive rien que de banal «dans la vie», ni grande joie ni grande douleur, leur existence étant toute tracée dès la naissance, tracée par leurs quarante-huit gènes double X pareils à quarante-huit petits cailloux blancs... Et je prends le temps de considérer la ligne de vie qui sillonne la paume de ma main gauche, elle est longue, longue, comme si elle ne devait jamais finir, et bien distincte de la ligne de tête, hachurée menu, à peine perceptible, et surtout de la ligne de cœur, celle-ci encore gommée par l'âge et la frustration de cet amour à jamais inassouvi pour Thaïs la morte. A quoi bon? Nadia n'a pas de temps pour moi, pas plus qu'elle n'en a pour la lecture, pour la musique, le sport, la natation, le cyclisme, toutes choses qu'elle prétend «adorer» et auxquelles elle ne prête pas dix minutes d'intérêt par jour, tant il est vrai qu'on ne trouve de temps que pour les passions qui nous requièrent vraiment. Et le temps qu'il reste à Nadia est tout entier voué, ne serait-ce que par un désir sans cesse et de plus en plus humilié pour le ci-devant jeune Claude Buies de dix ans son cadet qui trouve en elle ce qu'il n'y cherche pas et ce qu'en vain j'y cherche pour ma part: une chaleur câline, une tendresse quasi maternelle qui n'excluait pas quelque cynisme complice (baste! nous ne sommes plus des damoiseaux tout de même!), tendresse dont je sais qu'elle surabonde pour peu qu'elle ait rencontré son maître, ou son élève, tendresse qui autrement reste à la surface d'elle-même, abritée par le châle soyeux que son mari lui a offert pour son anniversaire — comme à une petite vieille? — le soir même où j'ai joué le rôle de confident de notre Sarah Bernhardt tandis que Claude restait aux aguets de quelque jeune pantalon bien ajusté à la table voisine et que le dénommé Rossetti cuvait dans un coin son champagne, les coudes trempés dans les flaques de bordeaux qui séchaient encore sur une nappe qui avait été immaculée, mises à part les miettes de pain croûté éparpillées autour des convives, et que Nadia, éméchée à son tour, ne me cachait pas en aparté son mépris pour l'odieux compagnon de sa vie, tout juste bon à lui tolérer la même indispensable «latitude morale» dont il a lui-même besoin pour ses entreprises, faisant la cour à tout ce qui porte jupe un peu courte, depuis la grande dame en goguette, épouse de ministre d'Etat jusqu'à la petite lingère qui nettoie ses souliers et lui permet de repartir à neuf chaque matin pour de nouvelles conquêtes... Justement, cette femme qui l'appelle au téléphone en pleine fête, laquelle est-ce? Amélie? Annette? ou Thérèse?... Peu importe, Camille ne discerne pas la singularité, la spécificité des êtres: une femme est une femme et toutes se valent, de même que pour telle femme un homme les vaudra tous, dès lors qu'il possède les attributs de son sexe. Hélas, que n'en va-t-il de même avec Nadia? Mon désarroi pourrait se contenter d'être ce prototype, mais elle, Nadia, comment serait-elle de ces putains, elle qui sait moduler les cent manières d'être amoureuse que les dramaturges ont inventées? Pourtant son seul vrai rôle, amour et comédie, ne la porterait-il pas vers ce grand beau garçon, ce jeunot de quarante et quelques années à qui elle dispense libéralement ses faveurs tandis que son corpulent Camille de mari croit peut-être encore la duper avec ses flirts et ses liaisons volantes?

Tel est mon roman, je m'y remets sérieusement, en ne sachant pas ce qu'il me réserve encore de souffrances, je m'y remets comme par revanche et avec une frénésie décuplée par la résistance d'un être qui se moque éperdument de mes tristesses. Claude, lui, trouve dans ce regard posé sur lui ce que l'égoïsme de tout mâle recherche: l'amour sans être obligé de le rendre. Car il est aimé et n'a cessé de l'être sans avoir sacrifié un seul de ses amours à lui. Pour Nadia, son sentiment va jusqu'à une certaine reconnaissance, voire à une certaine admiration, pas au-delà. Reconnaissance de le faire vivre aux frais de ce gros cochon de Camille qui ne sait à quoi employer son fric, au point de m'offrir, à moi, l'amoureux de sa femme, des vacances chics en Martinique — moi qui ne suis que cet «intellectuel» de quoi il me traite avec un dédain appuyé. Intellectuel, moi qui ai fait des romans au lait de pissenlit que personne ne lit et reste attaché culturel aux ambassades du Kébek depuis les événements que l'on sait, intellectuel jusqu'à ce qu'avec un peu de chance je finisse, sait-on, ambassadeur-poète comme Paul Claudel, rien de moins. Alors seulement aurais-je à mon tour assez de fricaille pour me payer *à mes frais à moi* quelque auberge ou quelque palace non pas *cinq* étoiles mais aux myriades de ces étoiles qui saupoudrent le ciel des Tropiques.

Ambassadeur-poète — mon ministre lui-même me l'appliquait, cette expression, la dernière fois que je fus à Kébek, mais à condition que je renonce à publier, car il ne me sied pas d'étaler les «histoires de cul» (ainsi s'exprime ce ministre typiquement kébékois dont la grande Histoire n'est guère l'affaire) de son personnel diplomatique — mais où veut-il que je trouve mes sujets? Histoire de cul, voilà tout ce qu'il voit dans les humaines passions. A-t-il raison? A-t-il tort? Ce n'est pas à moi d'en décider. J'ai suffisamment de mal à jouer mon rôle de valet culturel et d'amoureux éconduit d'une façon à peu près décente, c'est-à-dire effacée au maximum.

Claude est apparu soudain en bikini taille basse, une serviette autour du cou, à la main un châle de soie mauve effiloché à chaque extrémité.

— J'ai cru qu'un châle vous protègerait les épaules de ce violent soleil qui plombe depuis ce matin sous la brise trompeuse. Mais je constate que vous êtes déjà pourvu et que Jonathan vous tient compagnie. Je n'ai qu'à m'incliner, avec la satisfaction de me dire que nous n'êtes pas abandonnée, vous qui vous plaignez que, hors de scène, on vous plante là toute seule comme un palmier au pôle Nord.

— Je vous en prie, Claude, un peu de considération du moins pour mes pauvres ans. Mais où est donc passé Camille?

— Il était au téléphone il y a un instant, dis-je. Je suppose qu'il vaque à ses occupations de grand industriel. Aujourd'hui, vous le savez, tout se règle à distance... sauf l'amour, n'est-ce pas?

— Je vous demande de me pardonner, dit Claude, je reviens tout à l'heure.

Il descend l'escalier de ciment incurvé qui encercle la piscine et vient aboutir à la petite plage que des rochers protègent de la violence du flot. Elle forme une petite crique qui rappelle les plages de Kennebunk où je fus avec Thaïs, Marceline et Cyrille il y a si longtemps maintenant que j'ai peut-être fantasmé tout cela, une crique autour de laquelle des seins nus, des yeux enlunettés de noir, des corps graissés, bronzés — pour parodier Chamfort: il faut que le corps se brise ou se bronze —, des doigts de pied aux ongles rougis, tout cela compose une symphonie de chair merveilleusement pathétique, éphémère, presque morbide. J'aperçois Claude qui étale son drap de bain sur le sable et marche droit à la mer. Il tourne vers nous la tête et nous apercevant derrière la balustrade où nous sommes maintenant accoudés, Nadia et moi, il agite la main et nous sourit de toute la blancheur de ses dents. Alors Nadia, n'en pouvant plus d'amour et de désir, de descendre en courant le long escalier qui entoure la piscine exhaussée et d'aller rejoindre son amant, sans égard à une détresse, la mienne, qui semble oublier que les grands cœurs déjà bronzés, c'est-à-dire éprouvés à la limite, ne peuvent qu'ignorer la jalousie.

Plus tard, en nageant dans la crique, le pied de Nadia a touché le fond de l'eau alors qu'elle s'était un peu éloignée. Elle revient en grimaçant: un oursin lui a planté la piqûre d'un de ses dards sous la plante du pied. N'y a-t-il donc personne dans cette tragi-comédie pour jouer le rôle du médecin? Non. Comment donc retirer cette aiguille noire si douloureuse qu'on aperçoit jusqu'à travers la chair du talon et qui la fait grigner de douleur?

— De l'urine, il suffit de frotter avec de l'urine, lance avec son accent créole une servante noire qui vient de surgir dans la salle de douche où Nadia est venue s'asseoir. Allez là-bas aux toilettes, Madame, et prenez la peine d'uriner sur votre pied. En une minute la pointe noire aura disparu. L'urine est astringente, vous verrez, Madame.

Pour Nadia Rossetti, quelle humiliation! Elle se retire à l'écart et met à l'épreuve ce remède de bonne femme. Et voilà qu'au bout de trois minutes la pointe noire qui l'empêchait de marcher tant la douleur était intense, la pointe noire s'est retirée toute seule peu à peu, la rougeur, l'enflure, la dureté, n'y sont plus.

— Je vous fais princesse, moi qui suis la Reine Marguerite, princesse, Mademoiselle, s'exclame Nadia médusée. Vous rendez-vous compte que vous avez guéri la grande Nadia Rossetti? Mais princesse de théâtre, qu'est cela pour vous, quelle utilité? Mon mari, Camille, cherchez-le. Qu'on lui donne quelque chose à cette enfant noire des colonies. Camille n'est bon qu'à ça: prodiguer de l'argent. C'est un bouffi, un moche, un vieux, il était là tout à l'heure au téléphone, il vous donnera, je ne sais pas combien, moi, mettons quatre mille écus, ce qui fait tout de même plus de mille dollars américains. Allez, allez, ma belle, trouvez-le. Il faut bien qu'il serve à quelque chose, cet ignorant, ce parvenu, ce métèque.

Je m'approche de Nadia.

— Venez vous reposer, très chère amie, venez vous allonger sur un de ces transatlantiques où nous étions si bien tout à l'heure, au bord de la piscine. Nous nous tiendrons côte à côte, car moi qui suis si spontané, j'ai besoin de votre théâtre, qui est votre naturel à vous.

— Bien sûr puisque, moi non plus, je ne joue jamais que mon propre rôle, excepté, cela va de soi, ceux qu'on m'impose à prix fort.

— Voilà, vous avez dit ce que je ne trouvais pas. Ah! très chère, comme vous m'êtes précieuse.

Et je lui prends doucement la main, alors que tous deux fermons à demi les yeux comme pour mieux boire à cet air salé qui nous grise de l'ivresse de la mer. Survient Claude, vêtu d'un T-shirt mode et d'un short très court aux couleurs de jean effiloché. En même temps, ma compagne et moi avons le sentiment de sa présence et nos yeux s'ouvrent derrière nos lunettes de soleil.

— Je vous cherchais, Nadia, dit-il ironiquement, j'aurais dû me douter que vous n'étiez pas loin de notre ami Jonathan. N'est-ce pas qu'il fait un temps superbe? Je vais m'absenter cet après-midi, mais je ne vous laisse pas seule, chère amie, vous avez un galant que bien des belles vous envieraient.

Nadia se mord les lèvres. Puis elle dit:

— Vous faites le grand seigneur, vous n'affectez même plus la jalousie, c'est donc que je ne suis plus rien pour vous, cher Claude. Mais songez que vous ne serez pas jeune éternellement et que Camille n'est pas immortel.

— Pas immortel?

— Oui, c'est moi qui tiendrai un jour les cordons de la bourse et alors... il n'en tiendra qu'à moi que vous soyez ou non mon légataire universel.

— Oh! vous me croyez vénal à ce point?... Au fait, ajoute-t-il l'air rêveur après une pause, vous n'avez peut-être pas tout à fait tort...

A ce moment, tout à coup, grand branle-bas du côté des téléphones publics. Camille a fait une chute, il est par terre, allongé, inerte, la main crispée sur le combiné. Quelqu'un lui ouvre les yeux qui se révulsent; on lui passe un couteau devant la bouche ouverte: il ne respire plus. Arrive Claude, qui se saisit du combiné:

— Allô? oui, qui est là?

— C'est moi, Amélie Denonville, répond un accent créole au téléphone. Nous causions tranquillement et puis voilà que la voix de monsieur Rossetti s'est étranglée.

— Et de quoi causiez-vous, peut-on savoir?

— Nous projetions une balade en voiture. Camille voulait voir les ruines de Saint-Pierre, causée par l'éruption de la Montagne Pelée en 1902, il y a bien plus de cent ans. Vous ne connaissez pas?

— Mais si, je connais très bien, nous y sommes allés à quatre hier justement. Bizarre, non? Voilà. C'est tout. Vous aurez sûrement à témoigner, la police vous appellera, Mademoiselle Denonville.

Il raccroche tandis que deux membres du personnel de l'hôtel promus brancardiers, emportent le corps inanimé de l'homme d'affaires, le milliardaire que de mauvaises langues racontaient mêlé au trafic de la drogue. Un corps informe, gluant, velu, aux ballottantes chairs flasques, avec des seins approchant pour le moins ceux d'une cocotte de Montmartre. Ou du Bouddha. Rideau.

*

Tous ensemble, nous formions une arche dont
Camille était la clef de voûte. En effet, le ménage
tenait à condition que Nadia, sans en avoir l'air,
laisse à son mari toute liberté pour «chasser la don-
zelle», comme se plaisait à me confier le cher homme. Et moi, je servais de béquille épisodique à ce
couple bancal, je hantais les chancelleries mais ma
présence intermittente auprès d'elle était néanmoins
appréciée de Nadia qui, généreuse, à l'occasion, de
son corps, était alors sur le point — je devais l'apprendre plus tard — de m'accorder ses ultimes
faveurs (pour l'instant, elle me souffrait à ses genoux)
ne serait-ce que pour punir Claude de ses incartades
par trop répétées, Claude qui s'en foutait royalement
pourvu qu'il pût mener grand train et s'adonner
librement à ses délectations homophiles, autrement dit
à de *gais* élans dont l'envie lui venait tous les deux
jours. Tout cela était, je le crains, de la dernière
vulgarité, puisque nul sentiment n'avait droit de cité
dans ses ébats — que des pulsions incontrôlées,
incontrôlables. Seul, je crois bien, mon amour fétiche
pour la comédienne recelait une certaine authenticité,
une certaine gratuité, puisque j'en étais prisonnier
sans plus d'espoir de récupérer mon âme doublement
aliénée par les deux passions de ma vie. Mais non, ce
n'est pas exact. Depuis que son silence m'avait
persuadé de sa mort, confirmée, je l'ai dit, par
Sainte-Justine, Thaïs m'avait rendu ma liberté de
cœur. Elle morte, j'étais de nouveau moi-même, délié
de tout sentiment de trahison envers ma petite sœur,
et je pouvais aimer toute la personne de Nadia à cause

bien sûr de son génie sur scène — mais surtout parce que capable de sincérité, de pudeur (je ne serais jamais admis dans ses draps), elle me laissait lui chuchoter ma passion sans me couper la parole, et même me languir après ce corps affaissé qui, étrangement, augmentait en moi quelque puissant attrait physique...

On était au lendemain des fêtes du Nouvel An. Or le soir même de l'enterrement catholique de Rossetti à Fort-de-France — Dieu reconnaîtra les siens, répétait le curé blanc de la vaste paroisse noire englobant La Batelière —, comme par une résistance trop longtemps prolongée, Nadia se donnait à moi. De retour à Berne je trouvai qui attendait parmi mon courrier l'annuelle carte de vœux de tante Marceline. Encore une fois, bien des choses sur un mari encore vert, mais presque rien sur Thaïs, comme je pouvais aisément m'y attendre, seulement qu'elle «travaillait très fort»... Dans ma réponse, j'évitai de prendre des nouvelles de la disparue, me bornant à prier ma belle-mère de lui transmettre mes amitiés admiratives à la pensée de l'œuvre qu'elle accomplissait auprès des enfants malades...

Puis l'idée me vint d'écrire à Cyrille Courchesne à l'adresse de Marceline, histoire d'en avoir au sujet de toute cette affaire, projet que je mis à exécution sur-le-champ. La réponse fut rude: les affaires de celle qui, sans moi peut-être, eût encore été sa femme «ne me concernaient pas». Et il ajoutait simplement, pour boucler ses reproches: «En tout cas, cher Monsieur, soyez assuré que tout le mal que vous pouviez me faire, vous me l'avez fait. De cela au moins vous pouvez vous féliciter».

Ces mots m'atteignirent profondément, sans que je pusse deviner quel sort avait été *réellement* réservé à ma Thaïs, ce qui ne fit qu'accroître mon émoi. S'était-elle enlevé la vie? Et je compris combien mon sentiment pour Nadia Rossetti, et ma brève liaison avec elle, était peu de chose en regard de ce qu'avait éveillé en moi la rencontre tardive de ma sœur alors que nous étions déjà adultes tous les deux. L'eussé-je connue plus tôt, me redisais-je pour la millième fois, l'eussé-je connue enfant, je suis certain que rien ne se serait passé; mon affection fraternelle immodérée, jour après jour usée par l'habitude, n'eût laissé aucune trace passionnelle sur la sensibilité trop vive de l'homme que j'allais devenir. J'aurais tourné plutôt mes regards vers une artiste plutôt, une comédienne, une pianiste par exemple, dont j'aurais été comblé de recevoir ne serait-ce que la moitié de son amour, laissant l'autre moitié à son art, de la même façon que, déchirée entre le théâtre et Claude Buies, Nadia pouvait se contenter des miettes que Claude lui accordait après qu'il se fut largement servi auprès de ses «mignons»...

Telle était la couleur de mes pensées cet hiver-là où j'atteignis mes cinquante-cinq ans qui me virent envoyer en mission d'ambassadeur plénipotentiaire successivement auprès de chacun des membres de l'Europe des Dix-huit, dans le dessein d'obtenir une aide économique pour le Kébek, notre nouvelle patrie dont le Canada anglais refusait toujours d'admettre la souveraineté et que j'aurais volontiers appelé le Franc-Canada, c'est-à-dire le Canada libre et français, pour ne pas céder jusqu'au nom que Jacques Cartier lui-même avait donné aux rives du Saint-Laurent et ne pas voir mon pays totalement spolié de son nom de Nouvelle-France comme il en avait été de son territoire, en faveur de cet odieux nom de «Québec» que le conquérant lui avait donné après la conquête de 1760, et qui n'était qu'une dénomination convenant à son état de colonie puis plus tard de province subalterne après avoir connu l'avilissante appellation de Bas-Canada. Chargé donc de cette mission délicate à laquelle seule la France et les pays latins semblaient prêts à acquiescer, j'allai de capitale en capitale, pour me retrouver enfin à Bruxelles, la ci-devant capitale de la Communauté européenne, là même où j'étais arrivé naguère en modeste secrétaire d'ambassade et où je me retrouvais aujourd'hui ambassadeur en titre auprès des Etats-Unis d'Europe, de par une nomination due non pas tant à mes mérites qu'à l'ancienneté de mes états de service.

Tout mon passé reflua en moi telle une vague de douleurs indicibles. A Nadia j'adressai un pli où je me désistais de toute ambition amoureuse la concernant. La mort de Camille la livrant tout entière à Claude Buies avec la fortune du défunt, laquelle devait maintenant peser lourd dans la balance des sentiments que Claude pouvait lui porter. Effectivement elle me répondit de Nice, où elle avait désormais élu résidence lorsqu'elle n'était pas en tournée ou en tournage, périodes fastes qui allaient hélas en se raréfiant tant la scène et l'écran préfèrent les hommes et les femmes parés de tout l'éclat de leur printemps, abandonnant aux aînés les seuls rôles de composition, caricatures égoïstes, ridicules et même indécentes dans l'amour, à l'inverse des Anciens qui faisaient des aînés la sagesse, et même la noblesse de leur

société — songeons aux patriciens à qui l'âge confé-
rait toute sapience — à travers la conquête d'un
équilibre personnel judicieux, d'une stabilité passionnelle difficilement conquise sur un passé dont les
bêtises sont le fait de jouvenceaux et jouvencelles
écervelés — encore que ces folies n'eussent guère été
miennes entre mes trop retenus vingt et trente ans,
soit jusqu'à la bouleversante révélation de Thaïs.

Et voilà que Nadia, histoire de se consoler de la
«cruauté nouvelle» (disait-elle) de Claude Buies qui
prétendait dorénavant régenter leur ménage devenu
presque officiel, me convia au téléphone à passer
quelques jours chez elle, avec elle, au temps qui me
conviendrait. Je lui répondis en toute sincérité que
rien ne me ferait davantage plaisir que de lui rendre
visite aussitôt que mes responsabilités m'en laisse-
raient le loisir, ce qui pourrait prendre quelques
semaines, voire quelques mois.

Entre-temps, rappelé à Kébek, je fis rapport de
mes entrevues avec les représentants des nations
européennes, sans cacher les difficultés auxquelles se
heurtait le projet d'autant que le Kébek était écono-
miquement presque inextricablement lié aux Etats-
Unis d'Amérique qui refusaient, eux aussi, de reconnaître politiquement notre pays tant que le Canada
anglais n'aurait donné son feu vert. Mais ma démar-
che européenne entreprise à l'instigation des autorités
de la nation fut jugée «utile et positive», même si mon
rapport devait terminer ses jours dans la corbeille à
papier comme les neuf-dixièmes des travaux et
rapports élaborés à l'instar de ceux des «commissions
parlementaires» ou autres, par les membres du corps
diplomatique et autres gratte-papiers, pensionnés par

l'Etat. Travailler pour rien si ce n'est à se faire lire par des fonctionnaires qui font davantage confiance aux communiqués des agences de presse, telle est la gloire des diplomates en poste et des commissaires enquêteurs largement rétribués pour noyer le poisson dans la mer des Sargasses politiciennes.

Toujours est-il que, me trouvant à Kébek, désœuvré, songeant depuis longtemps à quelque retraite anticipée pour raisons de santé — j'ai passé sous silence les crises de «neurasthénie», comme disait mon feu père autrefois, dont j'étais sinon coutumier, du moins auxquelles j'étais sujet une ou deux fois par année, surtout depuis ce qui semblait être le naufrage de ma passion pourtant *partagée* pour Thaïs (je n'en revenais toujours pas), sentiment qui renaissait en moi chaque fois que le sens de ma vie m'échappait et que je tentais de me raccrocher à une passion exclusive qui, absorbant tout mon être, me ferait croire à quelque absolu sur quoi j'aurais pu greffer un salut. Et toujours je revenais à la foi de mon enfance qui me proposait le seul salut accessible à quiconque cherche au-delà du «divertissement» pascalien. Reste que ma demi-sœur occupait ma conscience plus encore que ces vertus chrétiennes qui auraient dû me rendre haïssables ce qui n'était qu'une impasse sentimentale. Reste aussi qu'elle n'avait cessé de posséder mon âme comme le pouvait une créature dont je n'avais jamais eu encore l'occasion d'épuiser les mérites et dont le mystère demeurait entier. Or mon expérience de la vie m'autorisait à croire qu'il n'en va ainsi que de ces liens que l'on tisse avec ses proches parents. Se lasse-t-on de sa mère, de son père, de ses enfants? Donc je pris sur moi d'écrire à tante Marceline une lettre où je lui disais souhaiter aller à Montréal rendre visite à mes proches encore vivants tandis que je l'étais encore moi-même.

La réponse ne tarda pas. Mais je n'en crus pas mes yeux. Aussi je cite ce texte de ma belle-mère comme un document historique (de mon histoire à moi que j'avais appelée, en attendant mieux, le roman du *Mal d'aimer* puis, comme je l'ai écrit, je crois, *Aimer pour rien* avant d'opter pour *L'Amour en vain*).

Jonathan, mon enfant,

Votre lettre m'a émue par la fidélité que vous témoignez à la mère de votre petite sœur, Thaïs, qui n'est plus depuis... depuis le surlendemain de mon mariage. Elle avait à peine quarante-quatre ans lorsqu'elle s'est enlevée la vie à l'hôpital Sainte-Justine où elle exerçait sa profession auprès des petits hémophiles de la façon la plus exemplaire. C'est la direction de l'hôpital qui me l'a fait savoir par écrit en suggérant que nous parlions de «cancer du rectum» comme plus digne et plus noble (!) que la triste vérité... Quoi qu'il en soit, ce qui fut dit à la chapelle de l'hôpital par le P. Beaumont lors de son service funèbre me rassura: sa fin tragique ne compromettait en rien son salut «plus assuré que le mien propre, a-t-il dit, vous pouvez en croire son confesseur». Ces paroles m'ont déchargée d'une partie du poids de souffrance et de remords que cet affreux événement avait fait naître en moi. Les raisons de son acte, je veux les ignorer: elles devaient être bien contraignantes pour que la pauvre petite en fût réduite à cette extrémité. Je sais, Jonathan, combien vous chérissiez

votre sœur; aussi n'ai-je pas voulu ajouter à l'amertu-
me de votre éloignement l'annonce d'une mort à
laquelle vous ne pouviez rien, et dans laquelle nous
n'étiez pour rien. Car, me disais-je, ce serait pire
encore si ce geste insensé de Thaïs pouvait de quelque
façon être relié soit à mon mariage avec M. Decroix,
soit plus vraisemblablement à votre présence à ce
même événement, suivi d'un brusque départ et d'un
éloignement apparemment définitif, car sans promesse
de retour ni de revoir. Or c'est alors que le malheur
s'est produit juste au lendemain de votre séparation à
tous les deux. J'ose vous écrire cela pour la raison
que Cyrille Courchesne, son vieux camarade, son ami
de toujours, que Thaïs s'était déclarée prête à épou-
ser, finit par rejeter violemment sur vous le blâme
pour le drame que nous avons d'abord vécu dans les
plus cruelles ténèbres.

Voilà, vous savez le malheur qui a frappé mon
cœur de mère mais je sais que votre courage sou-
tiendra le mien. Ne venez me rendre visite que si vous
acceptez que pèse sur vous ce doute affreux. Et venez
plutôt me voir lorsque les circonstances vous amène-
ront dans la métropole de notre chère nouvelle patrie,
le Kébek: soyez alors assuré que je vous recevrai de
grand cœur et à bras ouverts, comme mon propre fils.

Tante Marceline

P.-S. En signant cette lettre, je ne puis m'empêcher
de penser à Mme Desbordes-Valmore dont je parta-
geais le même prénom et dont vous vous plaisiez à me
rapprocher jadis — vous vous souvenez? Vous n'aviez

pas tort si tant est que les larmes peuvent en effet créer, et même creuser une sorte de parenté, de solidarité entre deux êtres. Tous les soirs, je me répète à voix basse le poème de «La Couronne effeuillée» dont je me permets de vous rappeler le texte sur un feuillet séparé, pour le cas où vous l'auriez oublié, ce qui me paraît difficile à croire de la part d'un poète, même si vous écrivez désormais en prose. J'ai lu tous vos ouvrages et j'y ai toujours puisé de la consolation mais, jusque dans vos vœux annuels, vous êtes resté pour moi le poète que vous étiez lorsque je vous ai connu et adopté. Peut-être souffrez-vous, comme Thaïs me l'avait dit un jour, de ce même «mal d'aimer», quel qu'il soit, auquel en définitive elle aura succombé...

M.

Après en avoir pris connaissance, je repliai les deux feuillets en quatre et les glissai dans mon portefeuille. Puis je me suis pris la tête entre les mains et je restai là dans mon bureau du ministère, la porte entrouverte et devinant le personnel qui passait, affairé, comme si rien n'était plus urgent que de transmettre quelque document à quelqu'un qui ne prendrait pas la peine de le lire. Et je pensais, immobile, hiératique, à cette lettre, à ce poème que ma belle-mère avait pris la peine de recopier à mon intention. Et je me rappelai soudain que Marceline Desbordes avait épousé le comédien Valmore, point mauvais homme, mais léger sans doute comme tous les artistes et les poètes, lesquels peuvent du moins confier à leur œuvre leurs émotions les plus profondes, histoire d'en faire jaillir une lumière pour quelqu'un. C'est ce qui me détermina à terminer cet *Amour en vain* que j'avais commencé vingt-quatre ans plus tôt sans savoir où il me mènerait, sinon à la reconquête de moi-même — y suis-je parvenu? j'en doute — et que j'ai bien dû abandonner dix fois avant de le mener jusqu'ici, terme provisoire qui m'inspirerait plutôt de revenir au titre prémonitoire du *Mal d'aimer* qui exprime tout de l'amère, de la féroce cruauté de presque tout amour même partagé.

Encore me faut-il dire — c'est-à-dire vivre — la suite au jour le jour de l'histoire, soit le voyage que j'ai fait au printemps sur la Côte d'Azur où Nadia m'attendait. Première surprise: en arrivant à l'aéroport de Nice, il peut être sept heures du soir, j'ai attrapé de justesse ma correspondance à Paris depuis Bruxelles, notre appareil ayant été détourné d'Orly sur Roissy à cause des vents violents qui empêchent le pilote de se poser. En sorte que, de Charles-de-Gaulle je mets trois heures, attentes comprises, à regagner Orly en bus contournant la capitale. Tout m'apparaît un rêve, ces autoroutes dévorées d'autos et de poids lourds se succédant continûment comme des trains parallèles, ces panneaux-réclames en bordure des voies qui se disputent à qui mieux mieux l'attention des gogos, ne serait-ce qu'une seconde, ces HLM récentes et déjà lépreuses, exposées à la rumeur ininterrompue du trafic, ces entrepôts délabrés, ces usines désaffectées, ces terrains vagues que jonche tout ce qu'on veut, cette laideur qui est comme l'envers — ou plutôt les fonctions basses — de ce grand corps qu'est Paris dont le cœur et la tête et l'universel visage sont le Louvre, Notre-Dame ou les

Champs-Elysées... Donc j'arrive à Nice, m'apprête à prendre un taxi, lorsque, tournant la tête, j'aperçois mon nom sur une pancarte au bout du bâton qu'un jeune homme promène au regard des arrivants: *M. Jonathan Authier.*

Je m'approche.

— Oui, c'est bien moi, Jonathan Authier. Que me voulez-vous, s'il vous plaît, Monsieur?

— Moi, c'est Patrick. Je viens de la part de Claude, Claude Buies. Il m'a envoyé vous attendre pour vous ramener chez Mme Rossetti sur les hauteurs de Cimiez. Je suis venu à moto, vous pouvez monter derrière. Tenez, elle est garée juste là-bas, et j'ai des courroies pour la valise. Tenez, donnez-moi ça.

Il me prend, m'arrache plutôt la valise des mains et file devant sans douter que je le suive, agrippé à mon attaché-case de voyage.

— Et vous croyez qu'on peut prendre tout ça sur votre moto?

— Pas de problème. Vous n'aurez qu'à vous accrocher à moi. Voici le casque, je n'en ai qu'un pour deux, mettez-le par sécurité.

— Bon, dis-je amusé de me voir, quinquagénaire et ambassadeur, faisant mon entrée dans Nice à bord d'une moto. Mais je n'ai rien d'un conformiste, Dieu merci!

Le soir tombe sur la Méditerranée. Les réverbères s'allument un à un à mesure que nous filons, slalomons plutôt entre petites et grosses bagnoles, dépassant tout ce qui roule sur le bord de mer, longeant ce que je sais être la Promenade des Anglais bien que je m'en souvienne assez mal, saluant la silhouette des façades bordant le boulevard illuminé à l'ombre gigantesque des grands palmiers déjà noirs. Quelques marcheurs seulement dans le frais du soir qui enveloppe la cité heureuse. Et toutes ces lumières font comme une couronne à la Baie des Anges, qui veille sur le Musée Masséna, le Négresco, le Méridien, hôtel de grand luxe hébergeant un MacDonald et des salles de machines à sous en attendant la réouverture du Casino... Et nous voilà Quai des Etats-Unis! me crie mon conducteur. Et comme nous contournons la pointe rocheuse qui débouche sur le vieux port, une voix jeune me lance au passage dans le noir de la rue: «Attention, tes bagages foutent le camp, bonhomme!» Plaisanterie ou non, mes bras se détachent de mon attaché-case coincé entre moi et le freluquet qui me conduit et à qui je m'agrippe de toutes mes forces — un des mignons de Claude Buies sans doute — et tant bien que mal vont retenir derrière moi ce qui risque de «foutre le camp» en effet malgré l'ingénieux dispositif de ceintures et de câbles.

— On arrive! lance Patrick. La place Garibaldi! L'Acropolis! Le boulevard Carabacel! Cimiez! On y est.

Un brusque arrêt au pied d'un escalier, arrêt qui me renvoie la valise dans le dos. Content tout de même, je lève les yeux. Une grande villa blanche et rose, rectangulaire, qui semble un gâteau de noces.

— Tenez, je prends vos affaires.

Et moi, courbatu, ébloui par cette course folle au clair du soir, je suis Patrick qui, bagage à la main, gravit lestement des marches de marbre pâle sous la lune.

125

Nous entrons dans un vaste hall décoré de hautes peintures fin de siècle représentant des dames en toilettes du soir. Et puis aussi des silhouettes de Jules Chéret... Mais je n'ai pas le temps d'admirer. Claude Buies est là qui nous attend en se frottant les mains. Il porte un costume de toile noir avec un nœud papillon au cou qui lui donne à lui aussi un air d'autrefois. Il fait un pas vers moi et je lui tends la main tandis que Patrick a l'air de bien s'amuser de nos retrouvailles.

— Je vais vous faire voir votre chambre, dit Claude, et d'abord faire monter vos effets.

Il fait un signe à Patrick qui rempoigne les deux pièces de bagage et nous précède en abordant un grand escalier qu'il monte sans effort. Quand il est passé près de Claude, j'ai remarqué que celui-ci lui a fourré une poignée de billets de banque dans la poche de son blouson de cuir.

— Nadia vous attend dans une demi-heure, chez elle, me dit-il en baissant la voix.

Il indique en même temps la large embrasure d'une porte à deux battants bien fermée sur le vaste hall et dont le cadre est sculpté de motifs décoratifs. Puis il entre chez moi pour faire déposer les bagages. Je remarque une autre porte donnant aussi du côté de la pièce maîtresse, close comme pour ne pas y déranger un mort.

— Moi, je suis de l'autre côté, dit Claude en souriant, je veux dire dans la chambre qui fait pendant à celle-ci. Quant à Patrick...

Il hausse les épaules d'un air insouciant mais non indifférent, comme s'il pensait: «Il se débrouille». Tous les deux n'en échangent pas moins un coup d'œil que j'oserais qualifier de connivence sinon de complicité.

Resté seul, je suis si fatigué, moi qui n'ai pu dormir depuis la veille à la pensée de ces retrouvailles, que je ne me pose guère de questions sur cette bizarre mise en scène. Sans prendre la peine de me faire une toilette quelconque, je me jette sur le grand lit et m'endors.

Au bout d'un temps dont je ne saurais préciser la durée, je me réveille aux sons de frappements légers. Je vais ouvrir.

— Madame Rossetti vous attend, dit Claude. Derrière lui, je devine la silhouette de Patrick qui le suit comme son ombre.

Ces allures mystérieuses, ce va-et-vient, ces chuchotis, commencent à m'énerver. Sans prendre le temps de me donner un coup de peigne, je pousse la porte communicante et j'entre chez Nadia qui semble m'attendre en déshabillé noir, l'air langoureux.

— Non, dis-je, pas de comédie, je ne mange plus de ce pain-là.

Et voilà que cette femme que j'ai tant aimée m'est devenue totalement étrangère. Est-ce que j'ai voulu me tromper moi-même au temps où Thaïs m'était refusée, ou accordée malgré moi, ou crue morte d'un cancer au rectum, ou enlevée par les anges du suicide? Pourtant non: j'ai réellement aimé la comédienne, mal sans doute, en comédien moi aussi.

— Vous n'avez donc plus pour moi le moindre sentiment, Jonathan?

Quelle tendresse elle met dans ce «Jonathan»! Je l'attends depuis cinq ans, me semble-t-il.

— Pas le moindre, dis-je carrément en me surprenant moi-même. Et j'ajoute sans savoir pourquoi: Tout est fini entre nous comme entre moi et le monde. D'ailleurs vous-même ne m'avez jamais aimé. Vous n'avez aimé que votre art et ce Claude Buies avec sa dégaine de grand seigneur fatigué.

Nous nous taisons, puis, après une assez longue pause:

— Vous avez raison, Jonathan, c'est lui que j'aime, que j'aimais, devrais-je dire, pas vous, mais lui me préférait ses irrésistibles jeunes créat...

Elle lève les épaules et n'achève pas. Elle dit plutôt:

— Cela convenait à Camille qui n'avait pas assez de jambes pour courir après Josette et les autres. Vous, je ne vous aimais pas, ce qui ne m'aurait pas empêchée de vous faire l'amour bien avant la mort de Camille, si vous aviez montré un peu de passion, d'initiative... M'aimiez-vous seulement?

Nadia quitte son lit sur le bord duquel elle était assise. Elle s'approche de moi et me scrute le visage:

— Mais que vous est-il arrivé, dit-elle, vous êtes tout blême. Si j'en avais ici, je vous enduirais la figure d'un beau fond de teint basané. Vous seriez tout à fait présentable.

— Tout commence et tout finit par le théâtre avec vous, Nadia.

— Oui, vous avez sans doute raison là aussi. Mais on ne me propose plus que des emplois de grand-mères. Alors, que faire? Et Claude n'a plus les mêmes raisons de me ménager à présent que Camille n'est plus là pour l'avoir à l'œil. C'est moi qui tient désormais les cordons de la bourse et comment lui refuser quoi que ce soit. D'ailleurs je lui ai tout donné déjà, y compris cette splendide demeure que je tiens de Rossetti lequel voulait y terminer ses jours en rentier qu'il était. Et dire que je vais perdre mon dernier amant...

— Moi?

— C'était tout de même mieux que rien.

Je tente de sourire.

— Votre cynisme. C'est peut-être cela qui m'a fasciné chez vous, Nadia. Moi aussi j'aurai bientôt tout perdu. Thaïs, ma sœur, d'abord, c'est déjà fait. Puis mes fonctions de diplomate dont j'ai annoncé à mon ministre que je les quittais, puis le livre enfin, mon roman du *Mal d'aimer* dont j'ai fait *L'Amour en vain* — me semble en effet que c'est moins brutal, moins catégorique parce que davantage lié à une histoire, moins général donc — livre vécu auquel il ne vous reste qu'à mettre le point final.

— En quoi faisant par exemple? dit Nadia non sans un grain d'ironie.

— En me disant: Adieu Jonathan. Ce fut un beau rêve que nous n'avons pas partagé. L'intéressant est d'y avoir cru si longtemps.

Mon regard s'égare vers la grande porte où j'ai juste le temps de voir Claude Buies qui se retire derrière le chambranle.

Je soupire:

— L'amour est une chimère pour nous autres artistes, car je suis poète moi aussi, quitte à jouer la comédie du fonctionnaire. Je souhaiterais plus que tout au monde que vous soyez heureuse, Nadia, mais je sais que c'est impossible si ce n'est dans l'exercice de votre art. Or il semble que vous ayez terminé votre carrière d'amoureuse de théâtre qui était, qui *est* votre vie vraie. Moi aussi mon dernier mot est proche.

— Mais non, Jonathan, il vous suffit de vivre en rêve pour transposer ensuite votre existence imaginaire dans un roman nouveau. Et puis «le mal d'aimer» n'est jamais achevé pour une âme sensible. Moi, c'est autre chose.

Ce disant, elle lève l'avant-bras devant ses yeux pour que je ne voie pas ce que je suppose être des larmes.

— C'est horrible, dit-elle. Du temps que je jouais sur scène, ma vie se confondait avec le théâtre. Maintenant je n'ai plus de vie, n'ayant plus de théâtre. N'est-ce pas, Claude? dit-elle en interpellant l'encore jeune dandy en tuxedo qui s'avance derrière moi.

— En effet, Nadia, c'est assez triste, et ce le sera encore plus pour moi lorsque Patrick et les autres riront de moi dans mon dos, parce que je serai vieux et que je n'aurai plus de sous pour les faire marcher. Vous deux, vous pourriez toujours former un couple charmant si Jonathan était à votre égard dans des dispositions plus... plus conciliantes.

— Comptez sur moi pour ne pas l'être, mon cher Claude, dis-je, et je conçois votre déception. Mais dès demain matin je partirai, après ma dernière nuit d'amour, si Nadia y consent. Je quitte tout, y compris mes collègues diplomates, ces fantoches.

— Cette solitude, dit Nadia, comment pouvez-vous la regarder si froidement en face.

— Qu'est-ce qu'une solitude qui ne nous prive de rien? Qu'est-ce que je regretterais, n'ayant rien eu?

— Vous faites bon marché de moi, Jonathan, protesta Nadia émue. Vous teniez un autre langage jusqu'à récemment.

— C'est vrai, mais je n'avais pas encore tout perdu, jusqu'à... mon âme. Il n'en aurait tenu qu'à moi, un jour, de faire confiance à l'amour de Thaïs, ma demi-sœur. J'ai préféré craindre le jugement public, ou plutôt celui de sa mère, tante Marceline Desbordes-Valmore.

— Que dites-vous là? s'écria Nadia.

— Mais oui, depuis plus de vingt ans je suis amoureux de la fille du poète de «La Couronne effeuillée» et de «Pauvres fleurs», recueil paru en 1839 si je ne me trompe. Des larmes, des larmes... Elles ont du moins quelque chose de plus doux, presque de pluvieux, qui repose de la théâtralité de nos dialogues, enfin ceux que je nous prêterai dans *Aimer pour rien* ou je ne sais quoi. Comment la pauvre, mère ou fille, aurait-elle pu trouver une joie durable auprès d'un histrion, je ne parle pas du comédien Valmore, mais de moi, romancier et poète aux trois quarts raté. Alors Marceline se tourne vers Henri Latouche, un homme de talent, un homme de valeur, mais lui aussi va mourir bientôt et Marceline entrera seule avec ses roses dans le grand panthéon de la première génération romantique, dont je suis le dernier rejeton, avec ses mélancolies, ses clairs de lune et ses états d'âme qui font qu'on perd tout, jusqu'à soi-même y compris, lorsque l'amour nous quitte.

Je me tais. Eux aussi. J'ai l'impression que tout est dit. Sauf:

— Je crois, dis-je enfin, que je vais même renoncer à cette dernière nuit d'amour que je vous avais promise et que je m'étais promise. Et pardonnez-moi mais je ne me joindrai pas à vous pour le dîner de ce soir. Vous m'excuserez mais je suis dans un tel état d'épuisement physique et moral que j'ai le sentiment d'avoir couru pour rien durant un quart de siècle, en sorte que je soupire après le lit que vous m'avez réservé dans ce qui ressemble à un hôtel particulier comme il en existe mille à Nice, à Cimiez surtout, parc huppé juché sur ses hauteurs — où la reine Victoria venait passer ses hivers, n'est-ce pas? — et qui vous ressemble, Nadia. Et quant à Claude, pour qui votre cœur bat, il peut bien vous tenir compagnie ce soir, tandis que je dormirai jusqu'au petit matin, pour me réveiller parmi les mimosas de cette ville douce à mon cœur de glace. Car j'y suis venu, en effet, peut-être bien dans une existence antérieure, mais non pas certes en motocyclette. J'avais limousine et chauffeur à l'époque, me semble-t-il et, invisible, m'accompagnait en esprit le bref cortège de mes vaines amours, aujourd'hui dissipées.

Je me retirai lentement vers la porte ouverte de ma chambre.

— Votre sœur? dit Nadia. Vous ne m'avez jamais rien dit de cette sœur.

— De fait, elle était bien plus que ma sœur: elle était ma demi-sœur, vous... vous comprenez?

Nadia et Claude se regardèrent perplexes, se demandant lequel de nous trois divaguait.

— Vous connaissez les amours de Lord Byron avec... encore un nom que j'ai oublié... Augusta, tenez. Mais c'était la demi-sœur du poète, du moins je le crois sans en être sûr. Les amours du poète ont ce caractère d'aspiration pure, vous devez en savoir quelque chose, Nadia (ce disant, je fixais Claude avec insistance), et ces aspirations, je veux dire celles de l'artiste dans l'âme, ont pour caractère premier d'être hors d'atteinte. Le jeune et beau Patrick n'est pas par hasard dans le décor.

— Pardonnez-moi, intervint Claude Buies resté longtemps coi et dont la physionomie exprimait un questionnement qui ne lui était pas familier. Mais puisque le temps des illusions s'achève, je peux bien reconnaître qu'aucun de mes amis, de mes amants si vous préférez, aucun ne m'a jamais aimé pour moi-même, tiens. Il suffit que je regorge d'écus, et vous savez de qui je les tiens, chère Nadia, pour que tous ils viennent à moi, pour que les amis accourent à mon appel comme des petits chats à qui on tend un bol de lait tiède. N'est-ce pas la vérité, Patrick? Et leurs petits lapements sont doux à mon cœur car je sais qu'ils me les doivent. Mais ce lait, ce fric, et ce pauvre bonheur, d'où me viendront-ils si Nadia m'en prive par votre faute?

— Je ne t'en priverai pas, méchant, dit Nadia, si seulement tu fais semblant de m'aimer comme autrefois... de m'aimer plus que Patrick.

— Dieu merci, dit Claude, je ne suis pas un comédien, moi, ni un artiste, ni un poète, ni un romancier. Je ne *transpose* rien. Je vis au jour le jour et au premier degré, mes actes n'ont aucun retentissement dans l'éternité et mon bonheur je ne puis y renoncer en faveur de chimères. Mais puisque vous prétendez m'aimer, Nadia, faites au moins mon bonheur et vous en aurez votre part, serait-ce celle de savoir que c'est à vous que je dois le mien.

Nadia resta silencieuse, livrée à un navrant conflit intérieur. Mais les jeux étaient faits. Il est vrai qu'elle ne pouvait plus rien pour son bonheur à elle, mais elle tenait en ses mains le destin de ce Claude Buies qu'elle adorait: or la limite du mépris subi était atteinte. Elle ne le prononcera plus, ce Sésame ouvre-toi qu'elle tient de feu Rossetti, le noceur à qui tout obéissait — à lui autant qu'à elle avec son Claude dont elle avait *payé* l'amour par la magie de ce seul nom d'*écu*, monnaie européenne courante qui évoque d'autres époques aussi vénales. Quant à moi, Jonathan Authier, Dieu sait que je n'ai amassé que des miettes au cours de mes pérégrinations dispendieuses à travers le monde mais que ferais-je d'une fortune aujourd'hui? Tout de même il me reste de mon aventure humaine la mémoire de cette histoire révélée dans un roman à quoi, même par-delà l'amour brisé, tout se ramène pour un auteur, et c'est par ces « *fictions*» claironnées sur les toits qu'il se récupère et survit à ses désastres, n'eût-il fait qu'un seul livre valable, celui de sa destinée.

— Allons, bonsoir, chers amis, et bon appétit. Pour moi, je n'ai plus guère faim.

Là-dessus je refermai la porte de ma chambre et, de nouveau, me jetai tout habillé en travers du grand lit où je dormis bientôt d'un sommeil aux rêves éteints, profond comme la mort. Je m'appartenais enfin. Et quand je me réveillai au petit jour, car je n'avais pas tiré les tentures, je sentis que je vivais. Je fus debout sur mes pied, prêt à sortir le manuscrit de mon roman de cet attaché-case qui ne me quittait pas, prêt à y noter d'un trait le dernier chapitre que j'avais vécu la veille au soir. Et c'était comme si j'inventais à mesure. Quoiqu'il en soit, je sentis une longue paix me recouvrir et c'était comme une large couverture de laine à carreaux, écossaise, par temps vif et humide lorsque la fenêtre à battants est restée grande ouverte sur la nuit, toute la nuit. Comme je levais les yeux de mes feuillets, j'aperçus le jeune Patrick avec son visage viril, irrégulier, qui entrouvrait soudain la porte de Nadia, avec mille et mille précautions, de sorte que j'apercevais maintenant à demi-nu tel un empereur de Rome hâtivement enveloppé d'un drap de bain blanc, nul autre que Claude Buies, toujours le préféré malgré ses étranges et répétées trahisons. Debout, un genou replié sur le couvre-pied défait, le visage crispé, enfoncé dans un état de rumination profonde, il avait à la main un long papier timbré qu'un profane comme moi pouvait aisément prendre pour un testament notarié. Derrière lui, je devinais Nadia Rossetti, la grande, la fière Nadia Rossetti, renversée sur son oreiller, le front contre la tête du lit, le bras rejeté dans l'espace. De la bouche désespérément ouverte aucun cri, aucun appel ne jaillissait, et ce qu'on eût pris pour un filet de sang figé, ténu, s'échappant de la commissure vers la tempe inclinée n'était peut-être bien qu'une mèche trop fine évadée des cheveux épars, ou encore une mince chaînette d'or pur... Son teint était la pâleur même et, selon toute apparence, elle ne jouait plus, pas plus qu'elle ne respirait. Bien que l'ayant passionnément aimée, autrefois, dans une autre vie, j'en fus comme soulagée pour elle, et pour moi... Je ramassai mes affaires et quittai la chambre puis la noble villa aux marches claires, presque roses, en marbre de Carrare venu de la proche Italie, caressées par le premier tiède sourire du soleil qui pointait là-bas du côté du château des Grimaldi, château qui n'existe pas... et tout avait des miroitements nacrés. Du haut du perron mêmement en marbre de Carrare, j'embrassais, du haut de la colline Cimiez, tout Nice en fleurs, Nice ville lumineuse, ville entre toutes heureuse, dont l'eau de la Baie des Anges vient baigner les galets, lécher les secrètes blessures.

Achevé d'imprimer en septembre 1994 chez

à Boucherville, Québec
0121